de Bibliotheek

Breda

BAKER STREET BOYS

Anthony Read heeft aan de Central School of Speech and Drama gestudeerd en was al op zijn achttiende theaterdirecteur. Hij was in de reclamewereld, bij de pers en als televisieproducent werkzaam voordat hij fulltime schrijver werd.

Zijn detectiveserie *The Baker Street Boys* ontstond naar aanleiding van de gelijknamige televisieserie voor kinderen, die in de jaren 1980 door de BBC werd uitgezonden en waarvoor hij de Writers' Guild TV Award ontving. De inspiratie ervoor ontleende hij aan de klassieke verhalen van Sir Arthur Conan Doyle, waarin de beroemde detective Sherlock Holmes de hoofdrol speelt.

En de naam *Baker Street Boys?* Die is afgeleid van het wereldberoemde adres in Londen waar Sir Arthur Conan Doyle Sherlock Holmes en zijn vriend Dr. Watson huisvestte.

Voor Elliot, Jack, Miranda en Oliver

DE JACHT OP
DE DRAAK

ANTHONY READ

met illustraties van

DAVID FRANKLAND

CHRISTOFOOR

www.christofoor.nl

Read, Anthony

De Baker Street Boys. De jacht op de draak / Anthony Read – Zeist:
Christofoor
ISBN 978 90 6238 868 4
NUR 283
Trefwoord: fictie vanaf 9 jaar, vertaald

Omslag- en tekstillustraties: David Frankland
Vertaling: Jenny Crum
Oorspronkelijke titel: *The Baker Street Boys. The case of the Limehouse
Laundry*. Oorspronkelijke uitgever: Walker Books Ltd., 87 Vauxhall
Street, Londen SE11 5HJ, 2007
Tekst © 2007 Anthony Read
Illustraties © 2007 David Frankland
Nederlandse rechten: © 2009 Uitgeverij Christofoor, Zeist

INHOUD

'Viooltjes! Mooie viooltjes! Een bosje voor de vrouw van uw hart, meneer?'

Het tengere bloemenmeisje, met een blad vol bloemen dat ze aan een riem om haar hals had hangen, pakte een netjes bij elkaar gebonden boeketje en hield het omhoog. Ze lachte vriendelijk.

'Maar twee pence, meneer. Maar twee pence per bosje… Dank u vriendelijk, meneer.'

Vanaf de andere kant van de straat keek een duistere figuur vanuit een zwarte koets naar de overkant en gaf met zijn gehandschoende hand een teken.

Het meisje liep verder. Ze lette nauwelijks op de bestelwagen die naast haar kwam rijden. Er was niets bijzonders aan zo'n bestelwagen, de straten van Londen waren er vol van. Maar ze moest wel even blijven staan en wachten, toen de chauffeur en de bijrijder eruit sprongen en de achterdeur openden, waardoor de doorgang op de stoep even werd versperd. Er volgde een ogenblik van grote drukte, afgeschermd door de opengeslagen deuren, totdat die weer dichtgeklapt werden en de bestelwagen verder reed. De zwarte koets aan de overzijde van de straat begon rustig de tegenovergestelde kant op te rijden. Op de plaats waar de bestelwagen gestaan had, lagen een paar bosjes viooltjes en corsages verstrooid in de goot. Van het meisje was geen spoor meer te bekennen. Het leek wel alsof ze in rook was opgegaan.

OP ZOEK NAAR LILY

De ochtendnevel dreef als de rook van een hout-vuurtje door de lucht terwijl Rosie met haar lege bloemenblad door de straten van Londen stapte. Ze was zoals gewoonlijk vroeg uit het HK vertrokken, terwijl de andere Baker Street Boys nog rustig lagen te slapen – behalve Queenie natuurlijk. Queenie was zoals altijd uit bed gekomen om zeker te weten dat Rosie een beetje water dronk en wat brood at, voordat ze op pad ging naar de markt van Covent Garden.

'Het is een heel eind lopen, heen en weer terug', vertelde Queenie haar iedere morgen. 'Als je niets in je maag hebt, ben je al moe voordat de dag be-gonnen is.'

De straten rond het HK waren nog stil toen Rosie vertrok. In de huizen waren de gordijnen dichtgetrokken en de luiken gesloten, want de mensen sliepen nog. Alleen een paar vroege winkeliers kwamen al terug van de markt met de dagelijkse voorraad verse vis, vlees of groente. Rosie passeerde de oude lantaarnopsteker, die met zijn lange stok de gasvlammetjes in de straatlantaarns doofde, en de postbode, die zijn eerste ronde van die dag maakte. Politieagent Higgins, die er met zijn hoge helm en zware cape als een reus uitzag, zwaaide naar haar en groette haar vriendelijk – hij was blij weer terug te kunnen gaan naar het politiebureau, nadat hij de hele nacht alleen zijn ronde gelopen had.

Maar van de grote mensenmassa's die later op de dag door de straten zouden stromen, was nog niets te bekennen, net zo min als van de rijtuigen, wagens en taxi's die de straten zouden verstoppen.

Maar ook Rosie's vriendin Lily, net als zij een bloemenmeisje, was nergens te zien. Ze was ongeveer van dezelfde leeftijd als Rosie en ze zag er net zo aardig uit. Ze leken zelfs zoveel op elkaar dat de mensen hen door elkaar haalden, hoewel Lily steile blonde haren had, die ze in een paardenstaart droeg en Rosie's blonde krullen tot op haar schouders vielen. De twee meisjes hielden ervan samen de weg naar de markt en weer terug te lopen, terwijl ze met elkaar kletsten en grapjes maakten. Lily wachtte meestal op de hoek naast de Baker Street Bazaar op Rosie. Maar vandaag was ze nergens te zien. Rosie wachtte een paar minuten terwijl ze zoekend de straat inkeek, toen haalde ze haar schouders maar eens op en ging alleen verder. Ze wilde niet te laat komen, want dan waren de mooiste bloemen al weg.

Toen Rosie dichterbij Covent Garden kwam, werden de straten steeds drukker. De hele nacht door waren honderden karren, bestelauto's en vrachtwagens zwaar beladen met groente en fruit van het land de stad binnengereden. Iedere wagen voegde een nieuwe kleur aan het palet toe: het groen van kolen, kroppen sla, erwten en bonen, het melkig wit van knollen, pastinaak en bloemkool, het heldere oranje van de wortels en het glanzende rood van appels en kersen. Alleen de aardappels, met kluiten aarde er nog aan, lagen mat bruin van kleur in hun vuile zakken.

Er waren nog geen bloemen te zien, want die werden in dichte bestelwagens apart naar de markt gereden. Veel bloemen kwamen met de trein uit afgelegen streken van Engeland naar Londen. Ze waren verpakt in dozen of manden, zodat ze geen schade zouden oplopen.

Sjouwers hadden de hele nacht hard gewerkt om alle goederen uit te laden en naar de grote markthallen te vervoeren, waar tussenhandelaren ze weer aan groenteboeren en aan hotels en restaurants doorverkochten. De lege karren reden nu weer weg en gingen, voordat de stad wakker werd, terug naar de boerderijen. De grote paarden wilden graag naar huis en ze liepen sneller nu ze geen zware lasten meer hoefden te trekken. Rosie moest zich tussen de wagens doorwerken. Soms drukte ze zich tegen een huismuur of moest ze een poort induiken om niet door de houten, met ijzer beslagen wielen platgedrukt of overreden te worden.

Op het grote plein voor de markthallen, dat de Piazza werd genoemd, was er minder kans door de zware karren overreden te worden. Maar Rosie moest toch goed opletten terwijl ze zich een weg baande tussen de vele platte wagens, handkarren en bestelwagens, die kriskras alle richtingen opreden, getrokken en geduwd door paarden, ezels en mannen. Ergens begon een ezel te balken, een luid en schor i-aaah, dat door alle andere ezels beantwoord werd, zodat al het andere geluid op het lawaaierige plein overstemd werd.

'Hé! Kijk uit je doppen! Uit de weg!'

Deze uitroep kwam van een magere jongen, die voorbij rende terwijl er een toren van negen of tien manden op zijn hoofd balanceerde.

'O, Charlie!' riep Rosie. 'Sorry hoor!'

Charlie zwaaide vrolijk naar haar, maar ging niet langzamer lopen en stopte niet. De toren van manden zwaaide sierlijk heen en weer, maar bleef rechtop staan toen hij zich naar haar toe wendde. Zo'n evenwichtskunststukje zou op het podium van het Koninklijk Muziektheater applaus opgeleverd hebben. Maar hier in Covent Garden lette niemand erop – op de hele markt deden jongens en mannen het net zo, ze liepen snel rond, zonder hun lasten met hun handen vast te houden of aan te raken. Ondanks de drukte en de haast leken ze nooit ook maar iets te laten vallen.

Rosie haastte zich over de Piazza naar de hal toe, waar de bloemen aangevoerd en verkocht werden. Nog veel meer meisjes en vrouwen liepen die kant op en Rosie hoopte Lily tussen hen te ontdekken. Maar toen ze de hal, met zijn hoge dak, zijn wanden van glas en sierlijk groen ijzeren smeedwerk in de vorm van een enorme waaier binnenkwam, was er nergens een spoor van Lily te bekennen. De lucht die hier binnen door duizenden en duizenden bloemen werd verspreid, was overweldigend. Overal waren bloemen en planten, hoog opgestapeld in de kramen om verkocht te worden of door kooplui langs de paden gereden om naar de bloemenwinkels in de stad vervoerd te worden.

'Kijk, mijn kleine Rosie! Hoe gaat het met je?' begroette een ouder meisje haar lachend. Het was Eliza, die ongeveer zo'n zestien of zeventien jaar oud was. Ze droeg een afgedragen zwarte strooien hoed, die als een gestrande vogel op haar hoofd stond en een schotsgeruite shawl om haar schouders. Eliza verkocht al jaren bloemen op de trappen van de St. Paul's Kathedraal, waar ze als het regende in het portaal kon schuilen. Ze woonde met haar vader die vuilnisman was – en die haar sloeg als hij dronken was en dat was hij meestal – in een steegje achter de markt. Ondanks dat was ze altijd opgewekt en alle andere meisjes keken naar haar op als hun leidster.

'Ben je vandaag alleen?' vroeg Eliza. 'Waar is Lily?'

'Ik weet het niet', antwoordde Rosie. 'Ik dacht dat ze misschien al hier zou zijn.'

'Nee hoor, ik heb haar vandaag nog helemaal niet

gezien. En ze was me beslist opgevallen als ze hier zou zijn. Eliza ontgaat niets op de markt.'

'Misschien is ze ziek', zei Rosie.

'Ja, misschien heerst er het een of ander. Twee of drie andere meisjes zijn zonder iets te zeggen de laatste dagen ook weggebleven.'

'Echt waar?' Bij de gedachte dat Lily ziek zou kunnen zijn, maakte Rosie zich zorgen. 'Ik ga wel op de terugweg even bij haar langs', zei ze, 'om te kijken of alles in orde is.'

'Je bent een lief meisje', zei Eliza, terwijl ze naar de deur liep. 'Ze boft dat ze jou als vriendin heeft. Zorg je ook goed voor jezelf?'

Rosie liep langs de marktkraampjes en zocht kleine bloemen uit waarvan ze boeketjes voor dames en corsages voor heren kon maken. Ze bleef de hele tijd naar Lily uitkijken in de hoop haar toch nog de markthallen te zien binnenrennen. Maar Lily verscheen niet en toen Rosie haar mand gevuld had en het geld was uitgegeven dat ze voor haar bloemenvoorraad gespaard had, begon ze in haar eentje de weg naar huis te lopen.

In de geheime kelder in Baker Street, waar ze allemaal woonden en dat ze hun Hoofdkwartier noemden of gewoon HK, waren de andere Boys net klaar met hun ontbijt, toen Rosie met een betraand gezichtje het trapje af naar binnen stommelde. Ze keken haar allemaal geschrokken aan en Queenie en Beaver stonden vlug op en haastten zich naar haar toe.

'Maar Rosie, liefje! Wat is er aan de hand?' zei Queenie, terwijl ze een arm om haar heen sloeg.

'Heeft iemand je wat gedaan?' vroeg Beaver bezorgd.

'Het gaat om Lily', snikte Rosie. 'Er is iets ergs gebeurd. Dat weet ik zeker.'

'Wat dan?' vroeg Beaver.

'Weet ik niet. Dat is juist zo erg. Ik weet het niet.'

En toen Queenie haar tegen zich aan hield en haar probeerde te troosten, begon ze nog harder te huilen.

Wiggins stond op uit zijn speciale stoel en liep naar haar toe.

'Nou, nou, stil maar!' zei hij. 'Zo kunnen we niets beginnen. Je kunt me beter alles vertellen en dan kijken we wat we eraan kunnen doen.'

Rosie knikte, snoof nog eens en veegde met haar mouw haar ogen en neus af.

'Het gaat om Lily', begon ze.

'Ja, dat heb je ons al verteld. Wat is er met haar?'

'Nou, we kijken altijd naar elkaar uit. En we lopen 's morgens altijd samen naar Covent Garden om onze voorraad te kopen. Altijd.'

'Ja. En toen?'

'Nou ja, vanmorgen kwam ze niet.'

'Misschien wilde ze wel een dag vrij hebben', zei Sparrow.

'Misschien had ze geen zin om op te staan', veronderstelde Shiner. 'Ik ken dat gevoel.'

'Dat heeft Eliza op de markt ook gezegd. Daarom ben ik op de terugweg even bij haar langs gegaan. Ze was niet thuis. Haar moeder vertelde dat ze gisteravond niet thuisgekomen is.'

'Hemeltjelief', zei Queenie, 'dat klinkt niet goed.'

'Kalm aan', zei Wiggins. 'We weten nog niets. Misschien is ze wel weggelopen.'

'Precies', viel Beaver hem bij. 'Dat kan best. Net als ik. Zo ben ik hier gekomen. En als ze weggelopen is, dan is het duidelijk dat ze gisteravond niet thuisgekomen is, hè? Omdat ze dat namelijk niet wilde, daarom is ze ergens anders naartoe, en als ze ergens anders is...'

'Beaver!' onderbrak Wiggins hem, voordat hij echt op dreef raakte.

'O, sorry. Ik dacht alleen…'

'Nee, nee', snikte Rosie. 'Ze is echt niet weggelopen. Dat doet ze niet zonder het mij te zeggen. Ik ben toch haar vriendin. Ze vertelt me altijd alles.'

'Ik wed dat iemand haar een klap op d'r kop heeft gegeven en haar bloemengeld gepikt heeft', zei Shiner met een ondeugende blik in zijn ogen.

Rosie brak opnieuw in tranen uit bij de gedachte dat haar vriendin gewond en in de steek gelaten ergens zou kunnen liggen.

'Shiner!' schold Queenie hem uit. 'Zo is het genoeg. Rosie is al zo van streek, je hoeft het niet nog erger te maken.'

Shiner haalde zijn schouders op en greep het laatste stuk brood van de tafel, pakte daarna zijn kist met schoenborstels en schoensmeer en ging op weg naar zijn werk.

'Kijk goed om je heen of je een spoor van Lily ziet!' riep Queenie hem na.

'En dat geldt voor iedereen, begrepen?' zei Wiggins. 'We kijken allemaal naar haar uit.'

'Zo', zei Queenie tegen Rosie. 'Droog je tranen maar en ga aan de gang met je boeketjes en corsages. Als je ze niet verkoopt, heb je ook geen geld om morgen nieuwe bloemen te kopen hè?'

Rosie knikte, ging aan de tafel zitten en nam het fijne draad waarmee ze de bloemen op haar heel speciale manier samenbond. In een oogwenk bond ze met haar handige vingers kleine bosjes bij elkaar, de mooiste boeketjes die er in heel Londen te vinden waren. Het bezigzijn hielp haar om niet langer meer te piekeren over wat er allemaal met Lily gebeurd zou kunnen zijn – zoals Queenie ook al heel slim bedacht had. Maar vergeten kon ze haar vriendin niet en toen ze later in de ochtend met het blad vol bloemen langs de straten liep, keek ze overal rond, in de hoop een spoor van haar te ontdekken.

Omdat Rosie bezorgd was over Lily, stuurde Wiggins de andere Boys eropuit om overal rond te kijken en te vragen of iemand haar had gezien. Hijzelf en Beaver gingen op zoek naar Lily's moeder om van haar misschien meer te horen.

'Zo zou meneer Holmes het ook doen', zei Wiggins. 'Hij zou ontzettend veel vragen stellen en dan zou hij weten wat er aan de hand is.'

'Wat is er dan aan de hand?' vroeg Beaver.

'Dat weet ik toch ook niet!' zuchtte Wiggins bezorgd. 'Daarom moet ik juist al die vragen stellen.'

'O, ja. Goed. Wat voor vragen?'

'Laat maar.' Wiggins zuchtte opnieuw. 'Laat het

praten maar aan mij over. En terwijl ik de vragen stel moet jij je ogen openhouden en rondkijken of je ergens een aanwijzing ziet.'

Beaver knikte ijverig. Hij was blij dat hij iets nuttigs kon doen. Maar opeens betrok zijn gezicht weer.

'Wat voor een aanwijzing?' vroeg hij.

'Hoe moet ik dat nou weten? Alles wat er verdacht uit ziet. Begrepen?'

'Goed.'

'Vooruit, dan gaan we.'

Ze bereikten het door Rosie beschreven huis, waar Lily samen met haar moeder, broers en zusjes in één kamer woonde. Het was een vervallen oud gebouw, dat snel afgebroken moest worden of anders vanzelf in elkaar zou zakken. Een vrouw die een klein kind op haar heup droeg, leunde tegen de geopende deur. Vanuit het huis kwam het geluid van kinderen die aan het schreeuwen en vechten waren.

'Bent u de moeder van Lily?' vroeg Wiggins.

'Wie zijn jullie dat je dat wil weten?' vroeg ze.

'Ik ben Wiggins, hij daar heet Beaver. We zijn vrienden van Rosie. U kent Rosie toch, ze is een vriendin van Lily.'

'Ja, ik ken Rosie. Ze is een aardig meisje. Zij zou niet weglopen en haar arme, oude moeder in de steek laten zoals Lily, die egoïstische meid, heeft gedaan.'

'Hoe weet u dat ze weggelopen is mevrouw eh...?'

'Pool. Mevrouw Pool. Ze is gisteravond niet thuisgekomen, toch? En ik heb sindsdien niets meer van haar gehoord.'

Ze kon door een holle pijnlijke hoest even niet verder praten, waarbij haar magere schouders onder de armoedige grijze jurk schokten en haar gezicht van pijn vertrok. Ze veegde haar mond af met de zak die ze als een schort om haar middel gebonden had. Het geluid van de vechtende kinderen ging over in een luid geschreeuw. Mevrouw Pool draaide zich om en liep vermoeid het huis binnen, Wiggins en Beaver gingen haar achterna.

'Hou op! Hou daarmee op, jullie allemaal!' riep ze. Het lawaai stopte niet.

'Hou op!' herhaalde ze. 'Alsjeblieft!' Haar gezicht vertrok en ze begon te huilen.

Op de grond in de kamer lag een onoverzichtelijke kluwen van kinderen. Benen, armen, ellebogen en hoofden staken eruit, en al die ledematen trokken

en sloegen, vochten en stompten, schopten en be-
ten om zich heen. Het was niet te zeggen hoeveel
kinderen het waren, maar geen van hen reageerde
op hun moeders roepen – als ze het al hoorden te
midden van het lawaai en geschreeuw. Wiggins en
Beaver keken naar mevrouw Pool, die er hulpeloos
huilend bij stond. Wiggins haalde diep adem en
brulde zo hard als hij maar kon.

'Stilte!'

Zijn stem vulde de kamer, echode tegen de muren en verblufte de vechtende kinderen zo, dat ze
stil werden. Hij en Beaver bogen zich over hen heen
en ontwarden de in elkaar verknoopte armen en
benen, trokken de kinderen uit elkaar en zetten ze
op hun voeten neer. Toen ze dat gedaan hadden,
konden ze zien dat het om vier kinderen ging, twee
jongens en twee meisjes, die met open mond naar
hen staarden en die door het onverwacht opduiken
van deze twee grote jongens er nogal geschrokken
uitzagen.

'Dat ziet er beter uit', zei Beaver. 'Ik kon mijn eigen gedachten niet meer horen door dat lawaai.'

'Goed', zei Wiggins. 'Blijf daar maar even staan en
zeg niets totdat ik zeg dat het weer mag.'

Beaver zette ze op een rij tegen de muur en

bekeek ze. Ze zagen eruit alsof ze tussen de zes en negen jaar oud waren, met ingevallen wangen in bleke gezichtjes. Hun kleren waren versleten en ze hadden geen van allen schoenen of kousen aan hun voeten.

Maar hoewel ze stoffig waren door het rollen over de vloer, zagen ze er verder schoon uit en hadden ze heldere ogen.

'Allemachtig, mevrouw Pool', zei Wiggins en draaide zich naar haar om. 'Zijn ze altijd zo?'

De moeder knikte droevig. 'Om de waarheid te zeggen, ik speel het niet met ze klaar, sinds mijn man mij verlaten heeft. Vooral sinds ik me niet zo goed voel.' En ze hoestte weer en drukte haar hand tegen haar borst om de pijn tegen te houden.

'Misschien is Lily daarom weggelopen', zei Beaver.

'Ik bedoel, als zij hier altijd vechten en schreeuwen, misschien kon ze dat niet langer uithouden. En als ze het niet meer uit kon houden, kan ze gedacht hebben, weet je… ik bedoel, als ze dacht, nou… en dan zou ze gedacht kunnen hebben…'

'Nee', viel mevrouw Pool hem in de rede. 'Lily heeft het altijd prima met de kleintjes kunnen vinden. Zo is het toch jongens?'

'Ja', zei het oudste meisje. 'Wij houden van Lily en zij houdt ook van ons.'

Mevrouw Pool begon weer te huilen. 'Ik weet niet wat ik zonder haar moet beginnen', snikte ze. 'Of zonder haar bloemengeld. Ach jé, als ik gisterochtend maar niet zo onvriendelijk tegen haar was geweest…'

De vier kinderen gingen om haar heen staan, drukten zich tegen haar aan en hingen aan haar rok.

'Huil maar niet, ma', zei het oudste meisje, 'dat was toch niet jóuw schuld.'

'Jawel, toch wel. Ik had haar in geen geval uit mogen schelden.'

'Hebt u tegen haar geschreeuwd?' vroeg Wiggins. 'Waar ging het over?'

'Ach, eigenlijk om niets. Ik zei dat ze op moest schieten, omdat anders de mooiste bloemen al weg zouden zijn.'

'Maar was ze in de war?'

'Nee, niet meer dan anders.'

'Heeft ze gedreigd dat ze weg zou lopen?'

'Ze dreigde er altijd mee dat ze weg zou lopen. Elke keer als we ruzie hadden. Dat heeft niets om het lijf.'

'Zei ze ook waar ze naartoe zou gaan?'

'Ze zei altijd hetzelfde. Ze zei als ik niet op zou passen dan zou ze weggaan en bij een bende gaan wonen die ze kende. Waar geen volwassene de baas over haar zou spelen.'

Wiggins en Beaver keken elkaar even aan.

'Heeft ze wel eens gezegd hoe die bende heette?'

'O, dat weet ik niet meer. 't Had iets met Baker Street te maken, geloof ik.'

'De Baker Street Boys?'

'Dat klopt! De Baker Street Boys. Maar waarom mijn kleine meisje bij een bende jongens wil rondhangen begrijp ik niet.'

'Het is toevallig zo', legde Wiggins uit, 'dat drie van de Boys meisjes zijn, als u begrijpt wat ik bedoel.'

'Nee, daar snap ik niets van', zei mevrouw Pool verward. 'Hoe weet je dat allemaal?'

'Omdat wij de Baker Street Boys zijn', zei Beaver trots. 'Tenminste twee ervan. Er zijn namelijk nog vijf anderen…'

'En u moet zich geen zorgen meer maken om Lily', voegde Wiggins eraan toe. 'Niet meer nu de Baker Street Boys zich met de zaak bezighouden. Wij zullen haar vlug weer voor u vinden.'

CHINESE ACROBATEN

Gedurende de hele dag keken de Baker Street Boys uit naar een teken van het verdwenen bloemenmeisje. Ze deden navraag bij iedereen die ze kenden: Bert, de portier van het muziektheater, Serge die naast de Baker Street Bazaar woonde, Oude Ant, die gepofte aardappels verkocht, alle jongens en meisjes die baantjes op straat hadden, zoals het vasthouden van paarden, het vegen van straten of kruispunten en het doen van boodschappen – maar ze ontdekten niets en niemand wist iets. Eén of twee mensen dachten dat ze Lily 's morgens gezien hadden terwijl ze bloemen aan het verkopen was, maar ze wisten het niet zeker.

Tegen het eind van de middag moest Sparrow ophouden met zoeken, om naar zijn werk in het muziektheater te gaan.

Als toneelknechtje, in zijn korte jasje met twee

rijen glanzende knopen, moest hij tijdens de voorstelling voor de artiesten zorgen. Hij bracht spullen weg, deed boodschappen, haalde drankjes en kleine maaltijden bij de bar – alles wat de artiesten maar nodig hadden.

Er was één groep artiesten die van zijn diensten om hapjes te halen kennelijk geen gebruik wilde maken. Sparrow vond dat er een vreemde lucht in de ruimte achter het toneel hing en hij hoefde zijn neus maar te volgen om de oorzaak te ontdekken. Hij had nog nooit zulke luchtjes geroken en hij had ook geen idee waar het vandaan kwam, totdat hij een sliert rook onder de deur van de grootste kleedkamer uit zag komen. Daar brandde iets!

'Brand! Brand!' schreeuwde hij.

Hij greep naar de dichtstbijzijnde blusemmer in de gang, deed de deur open, klaar om het water op het vuur te gooien. Door de rook in de kamer gingen zijn ogen tranen, maar door de waas van tranen heen kon hij de groep Chinese acrobaten herkennen die deze week op het programma stonden. Het waren er vier en een jongen van Sparrows leeftijd. Ze hadden allemaal helder gekleurde zijden kleding aan in blauw, geel en rood, en ze droegen hun glanzend zwarte haar gevlochten in een lange staart die op hun rug hing. Ze zaten in kleermakerszit rond een kleine paraffinebrander op de grond en braadden iets in een pan met kokend vet dat stond te sissen en te roken.

Zij keken verrast op toen Sparrow de deur opendeed en schreeuwden van schrik toen ze de emmer zagen die hij vasthield.

'Nee! Nee! Stop!' riep de Chinese jongen. 'Geen vuul. Alleen koken!'

Sparrow zette de emmer neer en keek naar de brander op de grond en naar de verzameling pannen en schalen eromheen. De inhoud ervan was heel anders dan het eten dat hij kende en hij vroeg zich af of het net zo vreemd zou smaken als het rook.

'Eten', zei de Chinese jongen. 'Smaakt goed. Jij ook een beetje?'

Sparrow kon de kans om een maaltijd te krijgen nooit voorbij laten gaan, dus knikte hij een beetje zenuwachtig toen de jongen hem wenkte om dichterbij de schalen te komen. Hij keek om zich heen naar een lepel of vork, maar zag ze geen van beiden.

'Hoe… eh… eet je dat dan?' vroeg hij.

De Chinese jongen grinnikte en wees op een paar uit ivoor gemaakte stokjes.

'Eetstokjes', zei hij. 'Kom. Li helpt.' Hij wees met een vinger op zijn borst. 'Ik Li.'

Sparrow knikte en klopte op zijn eigen borst.

'Ik Sparrow', zei hij.

'Spa-low', herhaalde de jongen, die moeite had de 'r' uit te spreken. 'Goed.'

Li nam twee stokjes in zijn ene hand, viste daarmee handig een beetje van het eten op en hield het Sparrow voor. Sparrow vond het erg knap, maar toen hij wilde proberen hoe dat in zijn werk ging, beduidde de jongen hem dat hij zijn mond open moest doen en stak toen vlug het hapje met vlees in Sparrows mond. Voorzichtig begon Sparrow te kauwen. Eerst smaakte het lekker en de vreemde kruiden lieten zijn tong tintelen, maar toen hij het doorslikte, was het alsof het plotseling ontplofte. Zijn mond en lippen brandden. Zijn gezicht werd knalrood en zijn ogen begonnen te tranen.

'Lekkel?' vroeg Li met een grijns. 'Veel kluiden, hè?'

Sparrow kon niet antwoorden. Hij keek vertwijfeld om zich heen, ontdekte de emmer met water en stak zijn gezicht erin. Toen hij weer opkeek, schudden de Chinese acrobaten van het lachen. Tegelijkertijd hoorde Sparrow vanuit de gang achter hem een maar al te vertrouwd bulderend geluid klinken.

'Ik heb je alarm vernomen.' Het was de geaffecteerde stem van de theaterdirecteur, meneer Trump.

Sparrow rende naar buiten.

'Waar is de locatie van de explosie?'

'Wat?'

'Het vuur, domkop. Waar is het vuur?'

Sparrow hapte nog steeds naar lucht, maar hij kreeg het voor elkaar zijn hoofd te schudden en hakkelde: 'Nee meneer, geen vuur.'

'Geen vuur? Kijk naar de rook, jongen. Geen rook zonder vuur, begrijp je? En wat is dat voor een ontstellend onwelriekende uitwaseming?'

'Wat bedoelt u, meneer?'

'De stank, jongen. Wat is dat voor vreselijke stank?'

'Het eten, meneer. Chinees eten.'

Meneer Trump kwam de kleedkamer binnen. Zijn gezicht onder de met pommade geplakte haren kreeg de kleur van een aubergine. Hij zag er voor Sparrow die tegen hem opkeek reusachtig groot uit in zijn nauwsluitende avondkostuum dat strak over zijn enorme buik spande.

De theaterdirecteur ontdekte de kleine brander, wees er vertwijfeld naar en begon te brullen.

'Wat is dat? Weet men niet dat het bereiden van voedsel in de kleedkamers een uiterst ernstige overtreding van de regels van dit etablissement is?'

De Chinese mannen keken hem met verbijstering aan. Sparrow kwam hen te hulp.

'Hij bedoelt dat het tegen de regels is om in de kleedkamers te koken', legde hij uit.

'Dat heb ik net ook gezegd', zei meneer Trump beledigd.

Li vertaalde het voor de mannen, die in het Chinees luid begonnen te protesteren en ongelovig met hun hoofd schudden.

Meneer Trump verhief zijn stem om boven het lawaai uit te komen. 'Ik ben bereid deze huidige schending door de vingers te zien. Maar iedere verdere overtreding zal uitmonden in een definitief beeindigen van uw contract.'

En terwijl Sparrow er nog over piekerde wat hij precies bedoelde, vertaalde meneer Trump het zelf: 'Nog eenmaal en u bent ontslagen', mopperde hij. 'En nu, ruim die spullen hier op en kijk goed uit!'

De directeur draaide zich op zijn hielen om en marcheerde de gang door, waarbij hij in zichzelf mompelde: 'Chinees eten, belachelijk!'

Sparrow keek naar Li en haalde zijn schouders op.

'In het theater is iedereen doodsbang voor vuur', zei hij. 'Je kunt niet voorzichtig genoeg zijn hè?'

De mannen zagen er ongelukkig uit, maar deden de brander uit en begonnen op te ruimen, waarbij ze wat mistroostig mopperden.

'Moeten eten', vertelde Li aan Sparrow. 'Nodig stelk te zijn vool kunst. Jij beglijp?'

'Ik kan voor jullie altijd een paar broodjes kaas en ham halen bij de bar', bood Sparrow aan. 'En een lekkere zure augurk?'

'Zule augulk?' vroeg de jongen verbaasd.

'Zure augurk, precies. Die zijn lekker pittig.'

'Goed. Ik test. Jij wilt nog van dit?' En hij nam nog een beetje vlees uit de pan. Sparrow hield zijn hand voor zijn mond en stapte achteruit.

'Nee, dank je. Nu even niet', zei hij vlug. De Chinezen barstten opnieuw in lachen uit. Sparrow grinnikte terug en maakte zich uit de voeten.

Gedurende de rest van de avond rende en draafde Sparrow voor de andere artiesten van hot naar her en verwisselde de borden aan de rand van het podium, waarop het nummer van elk optreden aangekondigd werd. Maar toch lukte het hem bijna het hele optreden van de Chinese acrobaten te zien en hij was net zo stomverbaasd over hun bedrevenheid bij het jongleren met kruiken, flessen en zelfs met zwaarden, als over de onmogelijke houdingen bij de sprongen en salto's die ze over het toneel maakten. Zijn nieuwe vriend was het middelpunt van alles, hij werd door de anderen opgetild en de lucht in gegooid en midden in zijn vlucht weer opgevangen. Tot slot klauterde hij handig op een menselijke piramide die de mannen samen vormden en balanceerde hij op één hand op het hoofd van de bovenste man, wat hem een stormachtig applaus opleverde.

Toen Sparrow na de show het theater verliet, was zijn hoofd vol van dromen over hoe hij eens net zo'n acrobaat als Li zou kunnen worden. Hoe lang zou het duren om dat te leren? vroeg hij zich af. En zou hij elke keer de moed kunnen opbrengen zich als een rubberen bal over het toneel te laten gooien? Of als een aapje op de menselijke piramide te klauteren? Misschien zou hij het beter met jongleren kunnen proberen, maar hij wist helemaal niet zeker of hij het met zulke scherpe, gebogen zwaarden durfde te doen zoals de Chinezen. Hij was zo vol van alles wat hij gezien had dat hij al halverwege de weg naar huis was, voor hij zich Lily weer herinnerde en dat hij had beloofd naar haar uit te kijken.

Schuldbewust ging hij niet direct naar huis, maar liep onderweg door allerlei steegjes en hofjes. Het was natuurlijk donker en door het licht van de straatlantaarns en de maan leken de schaduwen in de portieken en bij de hoeken van de huizen nog donkerder. Hij wilde het juist opgeven toen hij over iets struikelde dat achter een laag muurtje op de grond lag. Het moest daar overdag al neergegooid zijn. Hij raapte het op en zag dat het een blad was zoals de bloemenmeisjes aan een riem om hun nek droegen. In het donker kon hij ook kleine bosjes bloemen en corsages op de grond zien liggen.

'Ik heb wat gevonden! Iets belangrijks!' riep Sparrow opgewonden toen hij het HK binnenstormde. Tot zijn verrassing zag hij dat geen van de anderen nog naar bed was gegaan. In plaats daarvan zaten ze allemaal in de door kaarslicht verlichte kelder.

'Kijk eens', zei hij. 'Lily's bloemenblad.'

Hij hield het omhoog zodat ze het konden zien en hij vroeg zich verbaasd af waarom ze niet enthousiaster reageerden.

'Goed gedaan', zei Wiggins en nam het blad van hem over.

'Waar lag het?'

'Op het Clarke's Court. Achter dat lage muurtje. Ze moet het daar neergegooid hebben.'

'Waarom zou ze dat gedaan hebben?' vroeg Beaver. 'Ze kan geen geld verdienen als ze geen blad heeft. En als ze geen geld kan verdienen...'

'Geef eens hier', viel Queenie hem in de rede, 'laat me het eens bekijken.'

Ze nam het blad van Wiggins over en liep naar de kaars om het beter te bekijken.

'Het is niet Lily's blad', zei ze, nadat ze het nauwkeurig onderzocht had. 'Het is dat van Rosie.'

Van schrik hield iedereen de adem in.

'Dat kan toch niet', zei Sparrow. Hij keek de kamer rond. 'Waar is Rosie eigenlijk?'

'Ze is nog niet thuisgekomen', vertelde Queenie.

'We hebben al naar haar gezocht, maar we konden haar nergens vinden. We hebben agent Higgins gevraagd naar haar uit te kijken.'

'Dat haalt toch niets uit', vond Shiner somber. 'Ze is spoorloos verdwenen.'

'Er moet iets met haar gebeurd zijn', zei Gertie.

'Ze zou niet zomaar weglopen. Dat doet onze Rosie niet.'

'Datzelfde heeft zij ook over Lily gezegd, weet je wel?' zei Wiggins met een bezorgd gezicht. 'Hier moet over nagedacht worden. Gaan jullie maar allemaal naar bed en probeer een dutje te doen, terwijl ik er mijn gedachten over laat gaan.'

Wiggins bracht de nacht in elkaar gedoken in zijn speciale stoel door, waar hij altijd in ging zitten als hij een probleem moest oplossen. Om beter na te kunnen denken zette hij de oude jachtpet van meneer Holmes op en van tijd tot tijd trok hij aan zijn gedraaide pijp – die natuurlijk niet brandde – terwijl de anderen, en speciaal Queenie, vol zorgen om Rosie onrustig in bed lagen te woelen.

Maar toen het ochtend werd had Wiggins het raadsel waarom Lily – en nu ook Rosie – was verdwenen, niet kunnen oplossen.

Hij hoopte half en half dat Rosie weer op zou duiken als het tijd was om naar de markt te gaan, maar toen ze niet kwam, besloot hij zelf naar Covent Garden te gaan.

'Waarom wil je daar naartoe?' vroeg Queenie hem.

'Rosie is toch hier in de buurt verdwenen?'

'Dat klopt, maar herinner je je niet dat ze heeft verteld dat iemand op de markt haar gezegd had dat er nog een paar andere meisjes verdwenen waren?'

'Ja, dat klopt, dat heeft ze gezegd. Wie was dat toch? Ik kan het me niet herinneren.'

'Ik geloof dat ze Lizzie heet of zoiets', bracht Beaver in.

'Ja precies', zei Queenie. 'Lizzie, dat was het, ik weet het zeker.'

'Dank je, Beav', zei Wiggins. 'Kom mee, laten we proberen haar te vinden.'

'Zal ik ook meegaan?' vroeg Queenie.

'Nee. 't Is het beste dat je hier blijft, voor het geval dat Rosie thuis komt en jouw zorg nodig heeft. En de anderen, jullie gaan in ieder geval naar haar zoeken.'

De ochtenddrukte van voertuigen was al voorbij tegen de tijd dat Wiggins en Beaver aankwamen. In Covent Garden was nog veel te doen, maar het zag er nu uit als een gewone dagmarkt. Huisvrouwen en bedienden kochten groenten voor de maaltijd en bloemen om in huis te zetten. Het verkeer bestond nog uit koetsen, rijtuigen en wagens die in de buurt rond Covent Garden de levensmiddelen aanleverden. In een verre hoek haalden twee mannen in een groene bestelwagen van een Chinese wasserij de vuile lakens en handdoeken van het Hummums Hotel op.

Een paar straatventers met hun ezelswagens, die groente en fruit in de straten van Londen gingen verkopen, zochten zich een weg uit de drukte van de markt. Op zon- en feestdagen droegen deze straatventers hun mooiste kleren, die dan helemaal versierd waren met duizenden glimmende parelmoeren knopen en daarom noemde men hen de parelkoningen en -koninginnen. Maar vandaag droegen ze hun gewone plunje, eenvoudige petten scheef op hun hoofd en bonte sjaals stevig om hun nek geknoopt. Wiggins sprak een van hen aan, waarvan de ezel weigerde te bewegen.

'Gaat het niet, vriend?' vroeg hij.

'Dat stomme beest', klaagde de venter. 'Ze wil niet vandaag. Ze zeggen dat ezels dom zijn. Stomme ezels zeggen ze. Dat zouden ze eens tegen Clara hier moeten zeggen.'

'Maar wat wil ze dan?'

'Ik weet precies wat ze wil. En zij weet dat ik het weet. Dat klopt hè, Clarabell?'

De ezel ontblootte haar tanden, alsof ze grinnikte.

De koopman zuchtte diep en draaide zich om naar Beaver.

'Wil je me even een wortel aangeven?'

Beaver pakte van de berg achter op de kar een wortel die er bijzonder lekker uitzag.

'Wil jij hem aan haar geven?' vroeg de man.

'Mag ik?'

'Ja, maar hou je hand plat, anders eet ze ook nog je vingers op.'

Beaver hield de ezelin de wortel op zijn vlakke hand voor en Clara pakte hem en kauwde hem met veel lawaai en groot genoegen op.

'Ze eet de hele winst op', zei de venter spottend.

'Als ze klaar is, is er niets meer te verkopen.' Hij keek Wiggins weer aan. 'Ik kan me niet herinneren je hier al eens gezien te hebben', zei hij. 'Wat komen jullie hier doen?'

'We zoeken een meisje', vertelde Wiggins hem.

'Dat doen we toch allemaal!' antwoordde de man lachend.

'Maar zulke mooie jonge kerels als jullie zullen daar toch geen moeilijkheden mee hebben.'

'Nee, nee', zei Beaver snel, terwijl hij knalrood werd. 'We zoeken een heel bepaald meisje.'

'Ze heet Lizzie', voegde Wiggins eraan toe. 'Heb je enig idee waar we haar kunnen vinden?'

'Lizzie?' De man schoof zijn muts naar achteren

en krabde op zijn hoofd. Nee, ik ken niemand die Lizzie heet.'

''t Is een bloemenmeisje', zei Wiggins. 'Ze is de leidster van alle meisjes. Ze werkt hier al jaren.'

Het gezicht van de man lichtte op. 'O, je bedoelt niet Lizzie. Je bedoelt Liza. Iedereen kent Liza. Kijk, dat is ze – daar aan de overkant.' En hij wees naar de kerk. Er zat een meisje op de treden van de trap met een grote mand viooltjes en andere kleine bloemen naast zich.

'Ja, dat klopt', zei Eliza, toen ze haar vertelden wat de venter gezegd had. 'Iedereen kent Liza – alleen heet ik Eliza, om precies te zijn.'

'Sorry', zei Wiggins. 'Eliza, dus.'

'Dat is beter. Het klinkt meer als de naam van een dame, vind je niet? Stel je voor, er kwam pas nog zo'n fijne heer langs die zei dat hij een echte dame van mij kon maken, als hij mij een beetje netter zou leren spreken.'

'En wat heb je gezegd?' vroeg Beaver.

'Ik heb hem verteld dat hij op kon hoepelen. Ik heb genoeg van zulke kerels gehoord, geloof mij maar.'

Wiggins en Beaver keken elkaar bezorgd aan.

'Denk je dat zoiets met Rosie gebeurd is?' wilde Wiggins van Eliza weten.

'Rosie? Hoezo? Is er iets met haar gebeurd?' vroeg Eliza.

'Ze is verdwenen, net als Lily.'

Eliza zag er geschrokken uit. Ze tuitte haar lippen en floot zachtjes.

'Hemeltjelief', zei ze, 'nu ontbreken er al zo'n half dozijn meisjes. Rosie en Lily, en dan nog Poppy en Violet en Marigold en Daisy en… o, wat een toestand… er is iets helemaal mis! Wat zou er met hen allemaal gebeurd zijn?'

DE VERDWENEN BLOEMENMEISJES

'Wat gaan we nu doen?' vroeg Beaver. 'Ze kunnen toch niet in rook zijn opgegaan? Ik bedoel, als ze gewoon verdwenen zouden zijn, zoals met een goocheltruc, dan zou dat magie zijn… en als er echt magie zou zijn, dan zou je kunnen…'

'Magie? Waar heb je het over?' vroeg Eliza.

'Let er maar niet op', zei Wiggins tegen haar. 'Je hebt gelijk, er is iets helemaal mis. En we zullen wat moeten gaan doen.'

Eliza stond op. Ze pakte haar bloemenmand en gaf hem aan een straatventer, die dichtbij haar vanaf een kar appels verkocht. 'Wil jij er even een oogje op houden, Alfie?' vroeg ze.

'Waarom? Waar ga je naartoe?' vroeg de man.

'Naar het politiebureau.'

'Goeiegenade! Je gaat uit jezelf? Wat heb je uitgespookt?'

'Gaat je niets aan', lachte ze. 'Kom op, jongens.'

'Waar gaan we naartoe?' vroeg Beaver.

'Heb ik toch net gezegd, of niet? Naar het politiebureau. Het grootste van Londen is hier net om de hoek.'

Ze leidde de jongens over de Piazza, waarbij ze bijna geschept werden door een wagen van de wasserij, die net bij het hotel weggereden was. Ze zochten hun weg door de bloemenhal en kwamen uit in Bow Street, naast de hoge witte pilaren van het gebouw van de Opera.

'Daar', zei Eliza en wees aan de overkant van de straat een imposant nieuw gebouw aan, dat van grijze stenen gebouwd was.

'De bajes van Bow Street.'

Ze staken de weg over en klommen de trappen op naar de brede entree en schoven door de grote draaideur naar binnen. Eliza scheen hier de weg goed te kennen en Wiggins en Beaver liepen gewillig met haar mee.

'Ben je hier eerder geweest?' vroeg Wiggins haar.

'Een paar keer', antwoordde ze met een grijns. 'Ik heb mijn ouwe heer hier opgehaald toen die hier binnen was gebracht nadat hij er een paar te veel op had.'

'Een paar van wat te veel?' vroeg Beaver.

'Drank, natuurlijk. Hij neemt nooit van iets anders te veel, dat is zeker.' En lachend naderden ze het grote loket, waarvan het gepolijste hout glansde en waar de elektrische lampen zich in weerspiegelden die van het hoge plafond naar beneden hingen.

De inspecteur achter het loket lachte naar haar zodat zijn ronde rode gezicht oplichtte en de uiteinden van zijn zware snor omhoog gingen staan.

'Hallo Eliza', begroette hij haar. 'We hebben hem niet hier. Vandaag niet.'

'Nee, dat weet ik. Daarom kom ik ook niet.'

'Wat is er dan aan de hand?'

Eliza vertelde de inspecteur alles over de verdwenen bloemenmeisjes. Hij luisterde oplettend, dacht een ogenblik na, waarbij hij met een potlood tegen zijn tanden tikte.

'Aha', zei hij, 'deze meisjes worden dus vermist? Waarom denk je niet dat ze gewoon weggelopen zijn?'

'Omdat één van hen onze vriendin Rosie is', zei Wiggins. 'En zij zou dat nooit doen.'

'Zo, zo, en wie zijn jullie wel?'

'Ik heet Wiggins. Arnold Wiggins.'

'Juist.'

'En ik ben Beaver. Wij zijn de Baker Street Boys. Nou ja, twee ervan. Er zijn nog vijf anderen – tenminste die waren er, tot Rosie plotseling verdween. Ziet u, we moeten haar vinden, omdat…'

'Ho, ho. Langzaamaan.' De inspecteur hield zijn grote hand omhoog alsof hij het verkeer op een kruising wilde laten stoppen. 'Wat denken jullie dat er met deze meisjes is gebeurd? Denken jullie dat ze vermoord zijn? Heeft iemand een lichaam gevonden?'

Beaver slikte moeizaam en werd helemaal bleek bij de gedachte. Wiggins schudde zijn hoofd.

'Nee', zie hij, 'geen lijken. Maar we geloven dat ze misschien ontvoerd zijn.'

'Precies', viel Eliza hem bij. 'Iemand houdt ze misschien ergens gevangen.'

'Ontvoerd?' vroeg de agent. 'Wie zou er een paar bloemenmeisjes ontvoeren? Wie zou daar nou losgeld voor willen neertellen?'

Wiggins haalde vertwijfeld zijn schouders op. Wat de inspecteur zei was waar. Boeven ontvoerden mensen om losgeld te kunnen vragen en geen van de meisjes kende iemand die geld had.

'Geen eisen om losgeld, geen lijken', ging de

inspecteur verder. 'Voor zover we het nu kunnen bekijken is er geen aanwijzing voor een misdrijf. Het spijt me, Eliza, mijn liefje, maar dit is geen geval voor de politie. Ik zal mijn agenten zeggen dat ze op hun ronden hun ogen open moeten houden voor iets dat verwijst naar die vermiste meisjes, maar dat is alles wat ik nu voor je kan doen.'

Ze bedankten hem alle drie en liepen ontgoocheld naar de deur. Toen ze bijna naar buiten gingen, riep de agent hen terug.

'Wacht eens even. Jullie zeiden dat jullie bij de Baker Street Boys horen? Zijn jullie die kwajongens die meneer Holmes met zijn onderzoek helpen?'

'Dat klopt', vertelde Wiggins hem, 'dat zijn wij.'

'Wel, dan moeten jullie meneer Holmes voor deze zaak vragen. Het is geen misdaad, het is een geheimzinnig raadsel. Echt iets voor hem, zou ik denken.'

Met z'n drieën stonden ze op de stoep voor het politiebureau. Eliza zei dat ze het overal bij de marktkooplui zou rondvertellen en hen zou vragen naar de meisjes uit te kijken.

Wiggins zei dat hij dat een goed idee vond. Maar hij dacht zelf dat meneer Holmes de enige was die het antwoord op dit raadsel kon vinden en hij zei dat hij regelrecht naar hem toe zou gaan in Baker Street. Terwijl ze diep in gedachten terugliepen langs de markt, pakte Beaver Wiggins plotseling bij zijn arm vast.

'Wiggins! Kijk!' hijgde hij. Hij wees naar een zwart rijtuig dat op de hoek van de straat stond. Er stond een klein monogram op de deur geschilderd – een krullerige letter 'M'. Terwijl ze nog stonden te kijken, reed de koets de hoek om en verdween.

'Moriaty!' riep Wiggins uit. 'Ik had het kunnen weten.'

'Wie is Moriarty?' wilde Eliza weten.

'De grootste schurk in Londen', vertelde Wiggins haar. 'Een crimineel superbrein.'

'En denk jij dat hij met dit alles te maken heeft?'

'Dat weet ik niet. Dat moeten we uit zien te vinden.'

Terug in Baker Street haastten Wiggins en Beaver zich meteen naar nummer 221b om meneer Holmes op te zoeken. Toen ze aan de glanzende koperen bel trokken werd de deur zoals gebruikelijk opengedaan door Billy, de huisbediende van Mevrouw Hudsons. Maar deze keer begroette hij hen niet met zijn gebruikelijke hooghartige manier van doen. Integendeel, hij zag er eerder bedrukt uit en zijn gezicht en ogen waren rood alsof hij gehuild had.

'Hallo', zie Wiggins. 'Wat is er aan de hand?'

'Niets', antwoordde Billy.

'Kom nou', ging Wiggins verder. 'Je kunt het ons wel vertellen. We zijn toch je vrienden?'

Billy zag er verrast uit. Hij had de Boys nooit als zijn vrienden beschouwd. Eigenlijk had hij helemaal geen echte vrienden en door de woorden van Wiggins begon hij bijna weer te huilen.

'Echt waar?' vroeg hij. 'Meen je dat echt?'

'Natuurlijk doe ik dat, ouwe Chinees.'

'Chinees?' zei Billy scherp. 'Wat bedoel je daarmee?'

'Dat is zomaar een uitdrukking. Ouwe jongen, ouwe Chinees, zoiets.'

'O, zo. Ja natuurlijk. Ik dacht dat je het over…'

Hij hield op en beet op zijn lip.

'Wat?'

'Het is iets waar ik over in zit. Iemand heeft één van mevrouw Hudsons kostbaarheden gepikt en ze geeft mij de schuld ervan.'

'Wat zeg je, denkt ze dat jij het gedaan hebt?'

'Nee, dat niet, maar het is mijn taak de deur open te doen en op de mensen te letten die in en uit gaan.'

'En een oogje op ze te houden, zoals je bij ons altijd doet?'grinnikte Wiggins.

Billy knikte en keek ongelukkig. 'Maar ik heb haar al gezegd dat er vanmorgen alleen de gewone leveranciers waren. Die ken ik allemaal. En die zouden het niet gepikt hebben.'

'Wat was het voor kostbaars?'

'Een klein beeldje. Uit jade gesneden.'

'Wat is dat, jade?' wilde Beaver weten.

'Een soort steen, groen en glimmend. Het stond daar, op het tafeltje in de hal.'

'O, ik herinner het me', zei Wiggins. 'Een of ander grappig dier, klopt dat?'

'Precies. Een draak. Het heeft een heleboel geld gekost, zegt mevrouw Hudson. 't Komt helemaal uit China.'

'Ik snap het. 't Spijt me, Billy. We zouden je op een ander moment graag helpen om dat ding terug te vinden. Maar nu hebben we het nogal druk. Je moet het tegen meneer Holmes zeggen.'

'Wilde ik ook doen, maar hij is er niet.'

Wiggins en Beaver keken elkaar ontzet aan.

Zij hadden erop gerekend dat meneer Holmes het raadsel van de verdwenen bloemenmeisjes op zou lossen en hen bij het zoeken naar Rosie zou helpen.

'En dokter Watson?'

'Die is met hem mee. Dus kun je ze geen van beiden zien, als jullie daarvoor kwamen. Sorry.'

Toen ze allemaal weer in het HK terug waren, trokken de andere Boys een lang gezicht toen Wiggins en Beaver vertelden hoe het hun vergaan was.

'Nou', zei Queenie, 'als meneer Holmes ergens naartoe is en de politie kan er niets mee beginnen, dan moeten wij Rosie toch zelf vinden, of niet?'

'Maar we hebben toch overal gekeken', bromde Shiner. 'Waar moeten we dan nog zoeken?'

'Dat moeten we toch doen', zei Wiggins. 'We dachten gisteren ook dat we overal gekeken hadden, maar Sparrow heeft toen toch nog haar blad gevonden.'

'Dat heeft ons ook niet erg geholpen. We zullen haar nooit vinden.'

'Luister! Zo is het genoeg geweest', mopperde Queenie op haar jongere broer. 'Nooit is een groot woord. We hebben niets aan negatieve praatjes.'

'Wat bedoel je daar nou mee?'

'Dat betekent', verklaarde Wiggins, 'zoiets als zwartkijkerij. Als we geloven dat we het toch niet kunnen, dan zal het ook niet lukken. Daarom gaan we eropuit en zoeken we verder. Begrepen?'

'Begrepen', antwoordden de anderen in koor.

'Waar zullen we beginnen?' vroeg Gertie.

Wiggins liep naar de deur toe. 'Sparrow', zei hij. 'Ik wil dat je me precies wijst waar je het draagblad van Rosie gevonden hebt.'

Sparrow bracht de Boys door de straten naar het pleintje dat Clarke's Court heette. Toen ze er aankwamen wees hij naar het muurtje.

'Het lag daar achter', zei hij.

Met een beweging van zijn hand beduidde Wiggins de anderen om op hun plaats te blijven staan, terwijl hij de plek onderzocht. Zorgvuldig keek hij naar voetafdrukken of andere sporen. Hij zocht in zijn jaszak en haalde de oude loep tevoorschijn die meneer Holmes hem gegeven had. Hij bukte zich en tuurde er door om het plaveisel af te zoeken naar sporen. Toen hij ervan overtuigd was dat er niets was, liep hij naar het muurtje en keek eroverheen.

'Allemachtig!' riep hij uit. 'Dat maakt alles duidelijk.'

De grond aan de andere kant van het muurtje was bedekt met kleine boeketjes en corsages.

'Lagen die er gisterenavond ook al?' vroeg hij aan Sparrow.

'Ik geloof het wel. Ik kon niet veel zien omdat het zo donker was. Ik vond het blad alleen maar doordat ik erop trapte. Ik wist niet dat het van Rosie was.'

'Dit zijn Rosie's boeketjes', zei Queenie. 'Ze heeft ze gisterochtend gemaakt. Kijk maar, op die manier doet ze het altijd.'

Wiggins staarde naar de bloemen in de hoop dat ze iets zouden vertellen, hem een of andere aanwijzing zouden geven. Opeens kreeg hij een idee.

'Hoeveel denk je dat ze er verkocht heeft, als er nog zoveel over zijn?' vroeg hij aan Queenie.

Queenie krabde op haar hoofd en probeerde zich te herinneren hoeveel boeketjes Rosie bij elkaar gebonden en op haar blad neergelegd had.

'Ongeveer de helft', zei ze. 'Waarom?'

'Nou', antwoordde Wiggins, 'als ze de helft van haar voorraad verkocht had, dan betekent het waarschijnlijk dat de halve dag om was toen ze ermee ophield.'

De anderen keken hem vol bewondering aan.

'Dat is echt slim', zei Beaver. 'Dat zou ik nou nooit bedacht hebben.'

'Goed, maar wat hebben we er aan?' wilde Shiner weten.

'Kijk', antwoordde Wiggins, 'dat betekent dat wanneer iemand haar heeft ontvoerd, het op klaarlichte dag gebeurd is.'

'Maar wanneer dat zo is', piekerde Queenie, 'hoe konden ze haar dan meenemen zonder dat iemand op straat zag wat er gebeurde?'

'Een goeie vraag. En als wij het antwoord weten, hebben we Rosie al bijna gevonden.'

DE JACHT OP EEN DRAAK

'Kop op, jongen! Je kijkt alsof je een pond verloren en een penny gevonden hebt!' Met deze woorden werd Sparrow begroet door Bert, de portier van het Koninklijk Muziektheater, toen hij daar 's avonds aankwam om te gaan werken.

Als Sparrow echt een pond verloren en een penny gevonden zou hebben, zou Berts grapje hem wel opgevrolijkt hebben. Maar met de zorgen om Rosie kon er zelfs geen klein lachje af.

'Ik heb geen pond verloren, maar een vriendin', zei hij tegen Bert.

Bert luisterde vol meegevoel toen Sparrow over Rosie vertelde en hij beloofde iedereen die hij kende naar haar en ook naar Lily en de andere verdwenen bloemenmeisjes te vragen.

Maar toen hij Sparrow zijn jasje aangaf, herinnerde

hij hem eraan een beetje opgewekt te kijken bij zijn werk.

Meneer Trump zou het vast niet erg begrijpen en er ook geen prijs op stellen als een toneelknechtje met een sip gezicht in zijn theater rondliep.

Sparrow deed dus zijn best een niet al te treurig gezicht te trekken, wat hem ook gedurende bijna de hele voorstelling best goed afging. Maar toen een aardige jonge vrouw, die Little Lottie Lupin heette, aan het eind van de eerst helft van het programma op het toneel een populair lied begon te zingen dat 'Het kleine bloemenmeisje' heette, werd het hem te veel. Little Lottie, verkleed als bloemenmeisje dat een mandje met papieren bloemen droeg, zong gewoon te lieflijk.

Sparrow kon niet voorkomen dat er een traan over zijn wang rolde. Hij snufte nog toen hij bij de Chinese acrobaten op de deur van de kleedkamer klopte om hen te waarschuwen dat ze aan de beurt waren om op te treden. De acrobaten waren erg bezorgd toen ze zagen dat hij zo van streek was.

'Waalom jij zo tleulig?' vroeg Li, zijn jonge Chinese vriend.

Sparrow vertelde hem over Rosie en de andere bloemenmeisjes en dat hij er zeker van was dat ze

ontvoerd waren. Maar voordat hij meer bijzonder-
heden kon vertellen, dook Meneer Trump in de
gang op en keek hem dreigend aan.

'Kom op, jongen', zei de directeur. 'Geen tijd
voor eindeloos geklets. Kondig de volgende num-
mers aan en wel direct!'

Onder het gebruikelijke luide applaus beëindigden
de acrobaten de voorstelling. Toen ze het toneel
verlieten en weer op weg naar hun kleedkamer waren, bleef één van de mannen achter en trok Sparrow aan zijn mouw. Hij trok hem naar een donkere
hoek, keek zenuwachtig om zich heen en fluisterde
hem iets in zijn oor.

'Je wil vriendin vinden', zei hij in gebroken Engels, 'dan jij zoeken en jagen Draak.'

'Een draak?' vroeg Sparrow. 'Bedoel je zo één met
schubben, klauwen en vleugels en zo?

'Shht', maande de man hem tot zwijgen. 'Ja. Jagen draak. Bij Bekken. Vinden vriendin daar.'

Voordat hij nog wat kon zeggen, dook één van
de andere mannen op, pakte hem bij zijn arm en
trok hem mee, waarbij hij in het Chinees op hem
in praatte. Sparrow herhaalde de woorden zachtjes
voor zichzelf en probeerde ze te begrijpen. Maar het

zei hem helemaal niets. Hij herhaalde ze nog eens om er zeker van te zijn wat de man gezegd had. Toen rende hij weg om het volgende nummer aan te kondigen, voordat meneer Trump hem betrapte.

Toen de voorstelling afgelopen was, kon Sparrow nauwelijks wachten om naar het HK terug te gaan en de andere Boys te vertellen wat de Chinees gezegd had.

'Luister eens! Jullie moeten allemaal luisteren!' riep hij, terwijl hij de trap afrende en de kelder binnenstormde.

'Ik heb een aanwijzing! Een echte aanwijzing!'

De anderen, die de hele dag tevergeefs de straten afgezocht hadden, waren uitgeput en prikkelbaar – Queenie had Shiner bijna een draai om zijn oren gegeven, omdat hij gezegd had dat het toch allemaal tijdverspilling was. Beaver had het nog net verhinderd, – maar toen Sparrow met zijn hoopvolle boodschap binnenkwam, leefden ze weer op.

'Kom op dan. Gooi het eruit', zei Queenie.

'Een draak. We moeten naar een draak zoeken', flapte Sparrow eruit. 'En naar een kom of zoiets.'

De anderen staarden hem met open monden aan.

'Bedoel je zo'n draak die vuur en rook spuugt?' vroeg Beaver.

'Waar praat je nou over?' hoonde Shiner. 'Zoiets als een draak bestaat helemaal niet.'

'Hoe weet je dat?' vroeg Gertie. 'Heb je nooit van Sint Joris en de draak gehoord?'

'Dat was lang geleden. Draken zijn jaren geleden allemaal gedood.'

'Ja, maar als er één ontsnapt is en zich ergens in een hol verstopt heeft?' zei Beaver angstig.

'Die zou het overleefd kunnen hebben en als dat zo is, dan…'

'Rustig nu, allemaal!' riep Wiggins en stond op uit zijn speciale stoel, waar hij geprobeerd had om na te denken.

'Vooruit, Sparrow, kalmeer eens en vertel me dan precies wat je gehoord hebt.'

Sparrow haalde diep adem en deed zijn best om rustig te spreken. 'Er is die Chinees', begon hij.

'Waar was hij?'

'In het theater. Eén van de acrobaten in de show. Ze zijn ontzettend goed, je zou ze moeten zien…'

'Sparrow!'

'Zij weten dat we Rosie zoeken, omdat… ik heb het Li verteld en de anderen waren erbij.'

'En wat gebeurde er toen?'

'Nou, toen ze met hun optreden klaar waren en van het podium afgingen, kwam één van die mannen naar me toe en fluisterde, heel geheimzinnig, alsof hij wilde dat de anderen hem niet hoorden: 'Jij wil vriendin vinden, dan jij zoeken en jagen draak…'

'Waarom praat je zo gek?' vroeg Shiner.

'Omdat ze zo praten. Alle Chinezen praten zo.'

'Hindert niet', zei Wiggins. 'Vertel ons alleen wat hij precies zei.'

'Nou, zoals ik al zei, heeft hij gezegd dat we op een draak moeten jagen als we Rosie willen vinden.'

'Weet je zeker dat hij niet iets anders bedoeld heeft?' vroeg Queenie.

'Nee. Ik heb hem gevraagd of hij zo'n draak bedoelt met schubben en klauwen en vleugels en zo. En hij zei "ja"!'

'Was dat alles wat hij heeft gezegd?' Wiggins krabde op zijn hoofd.

'Heeft hij niet gezegd waar deze draak zou zijn?'

'Nee. Alleen dat het bij een kom of zoiets is.'

'Wat voor een kom?'

'Misschien één waar die draak uit eet',

veronderstelde Shiner. 'Misschien kookt hij zijn slachtoffers eerst met zijn vurige adem en dan…'

'Shiner!' riepen Beaver en Queenie tegelijk uit.

'Was dat alles wat hij heeft gezegd?' vroeg Wiggins.

'Ja, dat was alles. We moesten op de draak jagen als we Rosie wilden vinden. Toen kwam één van de andere Chinese mannen, pakte hem vast en trok hem mee voordat hij nog wat kon zeggen. Alsof ze wilden dat hij zijn mond hield.'

De Boys zwegen verbluft bij de veronderstelling met een draak te moeten vechten om Rosie te redden. Ze stelden zich voor hoe ze zijn vurige adem en zijn scherpe klauwen moesten weerstaan en huiverden van angst.

'Je hebt een wapenuitrusting en een paard en een lans nodig als je met een draak wilt vechten', overlegde Beaver. 'Waar zullen we dat allemaal vandaan halen? Ik bedoel, als hij een hol heeft en Rosie en Lily en die andere meisjes daarin verbergt, dan bewaakt hij natuurlijk de ingang, en dan moeten wij…'

'Beaver!' riep Queenie. 'Stop ermee! Je maakt ons allemaal nog gek!'

'Ik ben voor zo'n oude draak niet bang', verklaarde Gertie dapper.

'Ik ook niet', viel Shiner haar bij.

'Ik zou hem een klap op zijn neus willen geven en dat doe ik ook', zei Gertie en stak haar vuist omhoog. 'Hem eens even laten zien wie de baas is.'

Een nieuwe en nog veel beangstigender gedachte overviel Beaver. 'Maar wat doen we als het er meer dan één is, als het hele hol vol draken zit, die allemaal wachten…'

'Beaver!' brulde Wiggins. 'Ik zei je toch – er bestaan helemaal geen draken!'

'Maar als ze er nou toch zijn?' vroeg Shiner. 'Als iemand er nou één heeft en hem jonge meisjes te eten moet geven? Zoals dat monster uit dat verhaal dat je me altijd hebt voorgelezen, voordat ma stierf. Weet je nog?'

Queenie knikte. 'Dat was de Minotaurus in het oude Griekenland', zei ze. 'Die leefde in een labyrint.'

'In wat?' vroeg Gertie.

'Een labyrint. Een soort onderaards doolhof. Net een enorm grote puzzel. Als je er eenmaal in bent, kun je nooit meer de weg terug vinden.'

'En het monster leefde in het midden, klopt dat?' herinnerde Shiner zich. 'En hij werd met jongens en meisjes gevoederd…'

Ze keken elkaar allemaal aan, hun gezichten waren bleek en wit in het licht van de kaars en ze dachten allemaal – zelfs Wiggins – aan hetzelfde.

Zou het kunnen zijn dat ergens diep onder Londen zo'n monster zou wonen? Misschien in de afwateringskanalen? Iedereen wist dat de afwateringskanalen net een labyrint waren, waar je gemakkelijk kon verdwalen en ook dat daar duizenden ratten leefden. Maar wie wist wat daar beneden nog meer leefde?

Na een tijdje, dat wel een eeuwigheid leek te duren, schraapte Wiggins luid zijn keel.

'Vanavond komen we daar niet meer achter', zei hij vastbesloten. 'Jullie gaan nu allemaal naar bed en ik zet mijn denkpet op. En geen nachtmerries! Denk eraan, er bestaan helemaal geen draken… niet echt.'

Ondanks de woorden van Wiggins droomden bijna alle Boys over draken. En de meeste schreeuwden af en toe in hun slaap in de loop van de nacht, terwijl Wiggins een beetje dutte in zijn stoel en af en toe aan zijn lege pijp trok. Hij wenste dat meneer Holmes in de buurt was – hij was er zeker van dat de grote detective in staat zou zijn een plan te bedenken en hem zou kunnen zeggen wat hij moest doen. Zelfs Dr. Watson zou misschien kunnen helpen. Maar zonder hen beiden kwam alles op hem neer.

Toen de ochtend aanbrak, was Wiggins niets verder gekomen met het oplossen van het raadsel, maar hij had intussen wel een slim idee gekregen.

'Als er ergens in Londen een draak zit', zei hij tegen de Boys toen ze om de grote tafel zaten en hun oudbakken brood aten, 'dan is er maar één plaats die het meest in aanmerking komt.'

'In het circus?' bedacht Sparrow.

'Goed idee', zei Wiggins, 'maar dat is niet de plek waar ik aan denk.'

'Hij zwemt in de rivier', zei Beaver, 'daar waar de afwateringskanalen uitkomen.'

'Nee, ook niet.'

De anderen wachtten ongeduldig, totdat hij met een triomfantelijke klank in zijn stem zei: 'In de dierentuin.'

Ze staarden Wiggins met grote ogen vol bewondering aan. Hij had het weer geflikt.

'En als ze er daar geen één hebben', ging hij verder, 'dan weten ze beslist waar je er wel één kunt vinden.'

'Mooi, waar wachten we nog op?' vroeg Queenie. 'Laten we op pad gaan.'

De Londen dierentuin lag in Regent's Park, niet ver van het HK. De Boys renden Baker Street door en liepen het park in – een heel andere wereld dan die waarin zij leefden. Mensen slenterden langs de brede paden alsof ze helemaal geen zorgen hadden. Een oudere heer met een hoge hoed leunde op een wandelstok met een zilveren knop en rookte een sigaar, terwijl hij naar de tuinmannen keek die de bloembedden verzorgden. Kindermeisjes duwden baby's in glanzende kinderwagens voor zich uit, babbelden met elkaar en hielden tegelijkertijd een oogje op de kleine kinderen die vrolijk op het gras aan het spelen waren. Het was nauwelijks voor te stellen dat hier in de buurt een schurk – of een bende van schurken – bloemenmeisjes van straat wegroofde. Het was nog moeilijker voor te stellen dat hier in de buurt een vuurspuwende draak huisde.

'Stop!' een grote parkwachter versperde hen de weg. 'Wat voeren jullie in je schild?' vroeg hij.

'We voeren helemaal niets in onze schild', antwoordde Queenie.

'Dat is jullie geraden ook. Dit is namelijk een koninklijk park, weet je?'

'U bedoelt dat het van de koningin is?' vroeg Beaver.

'Zeker. Dus denk er zelfs maar niet aan om hier iets uit te halen.'

'We gaan niets uithalen', vertelde Wiggins hem. 'Wij zijn de Baker Street Boys.'

'En we helpen meneer Holmes bij zijn onderzoek', voegde Sparrow er nog aan toe.

De parkwachter zoog bedachtzaam op zijn tanden. 'Zo zo, werkelijk. En bij welk onderzoek assisteren jullie hem op dit moment?'

'Op het ogenblik is meneer Holmes er niet', zei Beaver.

'Maar als hij er zou zijn, zouden we hem helpen onze vriendin Rosie te zoeken, die samen met een heleboel bloemenmeisjes verdwenen is.'

'Dat klinkt als een ernstige zaak', zei de parkwachter en trok zijn opschrijfboekje en een potlood uit zijn zak.

'Hebben jullie aangifte gedaan?'

'Ja', antwoordde Queenie. 'We vertelden het aan de inspecteur op het politiebureau in de Bow Street.'

'Bow Street, zo zo? Jullie hadden het niet beter kunnen doen. Wat heeft de inspecteur gezegd?'

'Dat het geen zaak voor de politie was, omdat we geen lijk gevonden hadden.'

'Ik snap het. Tja, in dat geval…'

De parkwachter deed zijn opschrijfboekje dicht en stopte het weer in zijn zak.

'Het lijkt me meer een zaak voor jullie vriend meneer Holmes', zei hij.

'Maar meneer Holmes is er niet', zei Wiggins, 'daarom moeten we het onderzoek zelf doen.'

'Hier in het park?' vroeg de parkwachter. 'Ik denk niet dat ze hier ergens in het park zijn, dan hadden we ze wel gezien. Bovendien worden er geen bloemenverkoopsters toegelaten in het park.'

'We zoeken ze ook niet hier in het park', zei Queenie. 'We zoeken een draak.'

De parkwachter lachte. 'Draken worden hier ook niet toegelaten.'

'Dat weten we', zei Wiggins. 'We wilden naar de dierentuin.'

'Ik kan me niet voorstellen dat ze daar draken binnenlaten. Ze zouden alle andere dieren opeten. En ook de dierenverzorgers.' Hij grinnikte vrolijk om zijn grapje.

'Wat heeft een draak met jullie verdwenen bloemenmeisjes te maken?' vroeg hij.

'Ze hebben ons verteld dat we ze konden vinden als we jacht zouden maken op een draak.'

'En wie heeft dat gezegd?'

'Een Chinees', zei Sparrow.

De parkwachter gooide zijn hoofd achterover en lachte. 'Goed', zei hij. 'Jullie hebben je grapje gemaakt en nu weg met jullie. Naar de dierentuin moet je die kant op.'

'Het is geen grap', Sparrow was bijna in tranen. 'Het is echt waar!'

'Natuurlijk. En ik ben Jack the Ripper. En nu wegwezen.' Hij keek hen na terwijl ze mistroostig wegliepen en riep hen achterna: 'Geen zorgen – als ik Chinese draken ontdek die hier in de bosjes op de loer liggen, dan laat ik het jullie zeker weten.'

Toen de Boys de ingang van de dierentuin naderden, hoorden ze het wilde gebrul van een dier achter de omheining. Ze slikten en keken elkaar zenuwachtig aan.

'Denk je dat dat er één zou kunnen zijn?' vroeg Shiner.

'Ik weet het niet', zei Beaver. 'Het klinkt gevaarlijk genoeg, hè?'

Het idee met een draak te moeten vechten leek

niet meer zo heel opwindend. Maar omdat de portier al vanuit zijn glazen portiershuisje naast het draaihek op hen neerkeek, konden ze niet meer terug.

'Geen toegang voor kinderen zonder toezicht', verkondigde hij streng.

'Wat betekent dat?' vroeg Gertie.

'Het betekent dat we niet naar binnen mogen zonder volwassene', antwoordde Wiggins.

'En bovendien moet ieder van jullie een sixpence voor de toegang betalen', ging de man verder. 'Hebben jullie zoveel geld?'

'We willen er niet in om de dieren te zien', zei Wiggins. 'We willen alleen met iemand praten. Het is belangrijk.'

'Het gaat om leven en dood', voegde Beaver eraan toe.

'Waarover gaat het?'

'Over draken', zei Wiggins.

'Die zijn hier niet. Al zeker honderd jaar niet meer.'

'Echt waar?'

'Als ze er waren, dan hadden we er één. Maar dat is niet het geval. We hebben een heleboel hagedissen en leguanen en zo. Maar beslist geen draken.'

'U weet ook niet waar we er één zouden kunnen vinden?'

De man lachte. 'In een sprookje misschien. En hop nu, weg met jullie – en verspil mijn tijd niet langer.'

De Boys slenterden langzaam door de straten naar het HK terug. Niemand wilde hen helpen om Rosie en de andere bloemenmeisjes te vinden en de meeste mensen namen hen niet serieus.

Meneer Holmes en Dr. Watson waren alle twee weg, dus die konden ook niet helpen. Zelfs Wiggins begon zoetjesaan te denken dat hun speurtocht hopeloos was. Maar plotseling kreeg Beaver iets in 't oog.

'Kijk!' riep hij, 'Kijk daar eens!'

Trillend van opwinding wees hij met zijn vinger. Een groene bestelwagen, getrokken door een zwart glanzend paard kwam door de straat aangereden. Op de bok zat een Chinese man. Hij droeg een blauw katoenen hemd en een wijde broek en op zijn rug hing een lange vlecht. Een tweede Chinees zat naast hem. Maar Beaver wees niet naar de mannen. Hij wees op het vignet dat op de zijkant van de wagen geschilderd was. 'LIMEHOUSE WASSERIJ' stond daar en eronder was een afbeelding van een vreemd wezen met vlammen uit zijn bek geschilderd.

'Kijk eens!' zei Beaver nog eens. 'Een draak!'

ACHTER DE BESTELWAGEN AAN!

De Boys staarden naar de groene bestelwagen, die langs de straat verder reed. Zou dat de draak kunnen zijn waar ze jacht op moesten maken? 't Was wel zo dat de wagen door Chinezen werd bestuurd en het was een Chinees die Sparrow de tip had gegeven.

'Wat staat er op?' vroeg Gertie.

'Limehouse Wasserij', las Shiner langzaam voor. 'Wat is een Limehouse?'

'Dat is geen ding', vertelde Wiggins hem. 'Dat is een plaats in Londen. Verder de rivier af in East End, waar alle havens zijn.'

'Denk je dat ze daar naartoe zullen rijden?' vroeg Sparrow.

'Dat weet ik niet. We zullen ze moeten volgen en het uitvinden. Kom mee.'

De wagen reed tamelijk snel en ze moesten rennen om hem in te halen.

'Niet te dichtbij komen', riep Wiggins. 'We willen niet dat ze ons zien.'

Queenie en Beaver, die niet zo vlug konden rennen als de anderen, waren al snel buiten adem en bleven achter. Kuchend en hijgend zetten ze hun tanden op elkaar en hielden vol. Ze wilden niet achterblijven, hoewel de afstand tot de anderen steeds groter werd. Opeens voelde Queenie zo'n stekende pijn in haar zij, dat ze wel moest blijven staan.

'O, Beaver', kreunde ze, 'ik heb zo'n pijn in mijn zij.'

'Probeer verder te lopen', raadde hij haar aan. 'Misschien wordt het door het lopen beter.'

Queenie knikte zonder iets te zeggen – ze had geen adem meer om te spreken. Maar nog wel genoeg om van schrik te gillen toen uit een huis een woedend blaffende, grote bruine hond tevoorschijn stoof. Sinds ze een keer als klein meisje in haar hand gebeten was, was ze altijd bang voor honden gebleven. En deze joeg haar enorme angst aan, toen hij haar op de hielen zat en vlak achter haar met zijn gele blikkerende tanden gromde en blafte. Omdat ze achterom keek in plaats van op de weg te letten, struikelde ze en viel in de goot. De hond sprong bovenop haar en had haar beslist in haar been gebeten, als Beaver haar niet moedig te hulp was gekomen. Hij trok de hond opzij en joeg hem weg. Toen draaide hij zich naar haar om en zag dat ze begon te huilen – wat verontrustend was, want Queenie huilde nooit.

'Is alles goed met je?' vroeg hij. 'Heeft hij je gebeten?'

'Nee, dat is het niet', antwoordde ze. 'We zijn ze kwijt. Nu halen we ze nooit meer in.'

'Geeft niet', zei hij. 'Heb je je pijn gedaan?'

'We moeten bij elkaar blijven als we willen uitvinden wat er met Rosie gebeurd is.'

'Dat weet ik. Maar kun je wel lopen?'

'Ik weet het niet. Ik heb mijn enkel verzwikt en mijn knie doet vreselijk pijn.'

'Het beste is dat we naar huis gaan. Daar kunnen we op Wiggins en de anderen wachten.'

Hij hielp haar op te staan en onderzocht of ze toch niet iets gebroken had.

Queenie wilde eigenlijk verder naar Rosie zoeken, maar ze zag wel in dat Beaver gelijk had.

'Dank je Beav', zei ze en droogde haar tranen. 'Je bent een beste kerel. Ik dacht dat het mijn einde was toen die hond op me sprong.'

''t Is goed hoor', zei hij verlegen. 'Kom, je kunt op me leunen, ik zal je kruk zijn.'

En zo begonnen ze strompelend aan de terugweg naar het HK.

Wiggins, Sparrow, Shiner en Gertie volgden de bestelwagen tot hij voor een groot huis stil bleef staan. Zij doken weg in een portiek van één van de volgende huizen en keken hoe de twee mannen van de bok afkwamen, om de wagen heen liepen en de deuren aan de achterkant openden. De lange vlechten die op hun rug hingen, zwaaiden heen en weer toen ze een grote mand met een deksel uit de wagen trokken. Wiggins had altijd gedacht dat Chinese mannen klein waren, maar deze twee zagen er groot en krachtig uit. Hoewel de mand blijkbaar zwaar was, tilden ze hem er met gemak uit en droegen hem tussen zich in naar het huis.

'Wat denken jullie dat er in die mand zit?' fluisterde Gertie.

'Geen idee, maar hij is groot genoeg om een mens in te verbergen', antwoordde Wiggins.

'Of zelfs twee.'

'Er staan er nog meer achterin de wagen', zei Shiner. 'Ik ga er even in om te kijken.'

En hij nam een aanloop en sprong door de geopende deuren naar binnen.

De anderen kwamen voorzichtig dichterbij, zonder de beide mannen uit het oog te verliezen die intussen aan de zijkant van het huis aangekomen waren. Shiner keek naar de manden en de bundels wasgoed achter in de vrachtwagen.

'Kun je wat zien?' vroeg Wiggins.

'Alleen wat wasgoed en zo. Hier zijn geen meisjes.'

'Goed. Kom er maar weer uit.'

'Wacht even. Wat zie ik daar?'

Shiner had de andere kant van de wagen bereikt en zag dat er iets in een hoek lag. Hij bukte zich en raapte het op.

'Kijk eens hier!' riep hij en hij hield het omhoog zodat de anderen het konden zien. Het was een klein bosje bloemen, een corsage.

'Dat is er één van Rosie!' riep Gertie uit. 'Daar durf ik op te zweren.'

Met open mond keken ze naar het kleine verwelkte bosje bloemen. Geen van hen merkte dat de mannen terugkwamen, tot ze ze hoorden roepen.

'Hé daar! Wat doen jullie daar?'

De mannen stormden op hen af terwijl ze woedend met hun vuisten zwaaiden.

'Wiggins! Kijk uit!' schreeuwde Sparrow.

'Wegwezen!' riep Wiggins.

'Vlug!'

Sparrow, Gertie en Wiggins kozen het hazenpad en renden met z'n drieën de straat door.

In de wagen realiseerde Shiner zich dat er geen kans meer was er nog uit te springen voordat de mannen hem ontdekten. Daarom dook hij in elkaar en verstopte zich snel, terwijl de mannen het tuinhek uitrenden en achter de anderen aangingen – maar niet voordat één van hen de deuren van de bestelwagen had dichtgeslagen.

De drie andere Boys renden door de straat, direct achtervolgd door de Chinezen. Ze zwenkten een zijstraat in en daarna weer een andere, in de hoop hun achtervolgers af te schudden, maar de Chinezen bleven hen op de hielen zitten.

'Vlug! Hierin', hijgde Wiggins.

Ze sloegen weer een hoek om en stonden plotseling voor een groot, breed water – het Regent's Kanaal. Er was geen brug in de buurt, geen mogelijkheid om op de andere oever te komen en nergens een plek om zich te verstoppen.

'O, wat een pech – nu hebben ze ons zo te pakken', riep Sparrow, terwijl hij wanhopig rondkeek.

'Nog niet', zei Gertie. 'Kijk daar.'

Een vrachtboot voer over het kanaal, met aan het roer een man met een blozend gezicht, een stoppelbaard en twinkelende ogen onder de klep van zijn donkerbruine pet. De boot werd getrokken door een stevig paard dat vredig over het jaagpad langs het water stapte. Een meisje van Wiggins' leeftijd voerde het aan de teugel mee. Ze droeg een witte, katoenen muts en een lang schort waar een paar stevige laarzen onderuit kwamen.

'Help! Verstop ons alsjeblieft!' riep Gertie hen toe.

Zonder te vragen wat er aan de hand was, wees het meisje met haar duim naar de boot.

'Spring maar aan boord', zei ze.

Tussen de boot en de oever gaapte een afstand van ruim een meter. Gertie sprong er zonder angst overheen, maar Sparrow en Wiggins keken zenuwachtig naar het water beneden hen. Het leek hen erg diep.

'Nou, kom op!' riep de schipper met een grijns. 'Waarvoor ben je banger? Voor een duik in het water of voor die lui die achter jullie aan zitten?'

De beide jongens haalden diep adem, sprongen en landden veilig op het dek.

'Zo, dat is beter', zei de man. 'Snel hierin en hou je hoofd naar beneden.'

Hij duwde ze een paar treden af en door twee smalle deurtjes die hij achter hen sloot juist toen de Chinezen de hoek om renden. De mannen kwamen glijdend tot stilstand en keken rond naar een teken van de Boys. De schipper haalde rustig een kort, wit stenen pijpje uit de zak van zijn corduroy jack en zwaaide daarmee vriendelijk naar hen. Daarna stak hij de pijp tussen zijn tanden, streek een lucifer langs het zitvlak van zijn broek en stak daarmee de zwarte tabak aan. Hij trok er vergenoegd aan en liet een wolk van nogal vies ruikende rook achter, terwijl de boot rustig verder voer. De Chinezen die achterbleven, zochten de lege straat in alle richtingen af en krabden zich op hun hoofd.

Binnen in de laadruimte van de bestelwagen luisterde Shiner aandachtig of hij iets van de mannen kon horen. Toen hij niets hoorde, besloot hij dat hij het risico wel kon nemen uit de wagen te vluchten. De wagen had geen ramen en het was er zo donker dat hij niets kon zien. Tastend zocht hij zich een weg naar de deuren en zorgde ervoor daarbij geen geluid te maken voor het geval de mannen in de buurt waren. Maar toen hij de deuren bereikte, kon hij geen deurknop vinden. De deuren konden niet van binnenuit geopend worden. Hij zat in de val.

Shiner ging op de vloer zitten en dacht diep na. Als hij heel hard schreeuwde en op de wand van de wagen zou bonzen, dan zou iemand die door de straat liep hem kunnen horen en hem eruit laten. Maar als de mannen teruggekomen waren, zouden zij hem horen – en wie weet wat ze dan met hem zouden doen? Hij hield nog altijd het bosje bloemen vast en vroeg zich af wat ze met Rosie en de andere meisjes hadden gedaan. Hij rilde van angst en besloot dat het beste wat hij kon doen was zich weer achter de manden en bundels te verstoppen tot de mannen de deuren weer zouden openen. Als zij met hun rug naar hem toe stonden of weer wegliepen, kon hij eruit springen en wegrennen. Voorzichtig zocht hij zijn weg terug en ging daar zitten wachten.

'Zo, boefjes, jullie kunnen er nu wel uitkomen', zei de schipper en klapte de beide deurtjes open. 'Ze zijn weg.'

Wiggins, Sparrow en Gertie klommen uit de gezellige, kleine kajuit waar zij zich hadden verstopt en bedankten de man omdat hij ze gered had.

'Wat hebben jullie eigenlijk uitgehaald?' vroeg hij met zijn vreemde, zangerige accent.

'We hebben helemaal niets uitgehaald', antwoordde Wiggins.

'Dus zaten die Chinese kerels voor niets achter jullie aan?'

'Het gaat er niet om wat wij gedaan hebben', zei Sparrow. 'Het gaat erom wat zij gedaan hebben.'

'O, zo. En wat was dat dan?'

'Ze hebben onze vriendin Rosie en een heleboel andere meisjes ontvoerd', vertelde Gertie hem.

'Ontvoerd?' De schipper liet een zacht gefluit horen. 'Dat klinkt ernstig. Wat hebben ze dan met ze gedaan?'

'Dat weten we nog niet. Dat willen we nou juist uitzoeken', zei Wiggins.

'Heb je het aan de politie verteld?'

'We hebben het geprobeerd. Maar ze geloofden ons niet', zei Sparrow.

De man knikte begrijpend. 'Dat doen ze nooit', zei hij meelevend, terwijl hij stevig aan zijn pijp trok en wolken rook uitblies waardoor de Boys moesten hoesten en tranende ogen kregen.

De schipper duwde tegen het roer en stuurde het schip naar de oever.

'Hoi, Nell!' riep hij en wenkte naar het meisje dat het paard leidde. Ze had het dier al langzamer laten lopen, liet het nu stoppen en kwam naar de boot toe.

'Is alles nu in orde?' vroeg ze in hetzelfde dialect als de man.

'Dat is Nelly, mijn kleine meid', zei de man. 'En ik ben Enoch.'

De Boys stelden zich ook voor en Wiggins bedankte Nelly voor haar hulp. 'Ik weet niet wat ze gedaan zouden hebben als ze ons te pakken hadden gekregen', zei hij tegen haar.

'Jullie de keel doorgesneden en jullie dan hoogstwaarschijnlijk in de plomp gegooid', zei ze met een brede grijns.

'De plomp?' vroeg Sparrow.

'Ja, weet je wel – de plomp.' Ze wees naar het water.

'Het kanaal', legde Enoch uit. 'Zo noemen we het water wel – de plomp.'

'Ik had niet zoveel op met die twee', ging Nelly verder. 'Waarom zaten ze achter jullie aan?'

Wiggins vertelde over Rosie en de andere vermiste bloemenmeisjes en Sparrow legde uit dat de Chinese acrobaat had beweerd dat ze jacht op een draak moesten maken, als ze de meisjes wilden vinden.

'Pffft!' floot Enoch nog eens. 'Het klinkt als een flink klusje als je het mij vraagt', zei hij.

'Wat bedoel je?' vroeg Gertie.

'Hij bedoelt dat het een moeilijke opgave is', zei Wiggins, 'zoals we al gemerkt hebben.'

Nells ogen werden zo groot als schoteltjes.

'Zijn er dan echt nog draken?'

'Voor zover ik weet niet', antwoordde haar vader.

'Dat heeft iedereen ons verteld', vertelde Wiggins. 'Zelfs in de dierentuin. Maar toen zagen we die bestelwagen…'

'Met een tekening van een draak op de zijkant', voegde Gertie er aan toe.

'En toen gingen we erachteraan', zei Sparrow, 'en toen de Chinezen hem openmaakten en hun spullen afleverden, wipten wij erin en hebben we rondgekeken…'

'En onze vriend Shiner heeft daarbinnen één van Rosie's corsages gevonden.'

'Maar toen kwamen de mannen terug en ze zagen ons. En ze waren woedend.'

'Dus moesten jullie rennen?' vroeg Nelly.

'We moesten voor ons leven rennen', zei Gertie.

'Omdat ze wisten dat we ze op het spoor waren', zei Wiggins.

'Juist. Maar jullie hebben toch die bloemen?' wilde Enoch weten.

'Die heeft Shiner.'

'En waar is Shiner?'

'Geen idee. Een andere kant op gerend – dat hoop ik tenminste.'

Enoch nam zijn pijp uit zijn mond en klopte terwijl hij nadacht de opgebrande tabak boven het kanaal eruit.

'En wat zijn jullie nu van plan?' vroeg hij.

'Nou, op de bestelwagen stond onder de draak ook een naam: De Limehouse Wasserij.

'Limehouse, zeg je? Daar willen jullie heen?'

'Ja, zodra we ontdekt hebben hoe we er moeten komen…'

'Het is al opgelost, joh.'

'Wat bedoel je?'

'Ik bedoel dat we daar precies naartoe varen. Dit kanaal loopt om Londen heen en eindigt bij de havens in het Limehouse-bekken.'

'Dat was het!' schreeuwde Sparrow, zo hard dat ze er allemaal van schrokken. 'Dat heeft die acrobaat gezegd. Hij heeft geen kom gezegd, maar hij zei 'bekken' – we moesten op de draak bij het bekken jagen!'

Wiggins en Gertie keken hem enthousiast aan. Nu wisten ze dat ze op het goede spoor zaten.

Shiner, die in het donker achterin de wagen zat, hoorde dat de beide mannen terugkwamen en in het Chinees met elkaar praatten. Hij verstond er natuurlijk geen woord van, maar erg tevreden klonk het niet. Ze leken wel ruzie te hebben. Hij voelde hoe de wagen heen en weer bewoog toen ze op de bok klauterden en daarna het knallen van de zweep, voordat het paard begon te trekken. De wagen ging sneller rijden en hobbelde en ratelde over de ongelijke keien. Shiner moest zich goed vasthouden omdat hij anders heen en weer geslingerd zou worden. Waar de mannen ook heen gingen, ze hadden kennelijk haast. En of hij wilde of niet, Shiner moest met hen mee.

MET HET VRACHTSCHIP
NAAR CHINATOWN

Enoch bood Wiggins, Sparrow en Gertie aan hen op zijn schip tot Limehouse mee te nemen. Daarvandaan konden ze dan verder zoeken naar Rosie en de andere meisjes.

'Er wonen daar heel veel Chinezen', vertelde hij hen. 'Er wonen er zelfs zoveel dat die wijk Chinatown genoemd wordt. De Chinezen komen hier met de vrachtschepen mee naartoe, weet je.'

'Ben jij ook wel eens naar China gezeild, Enoch?' vroeg Sparrow.

'Naar China?' lachte Enoch. 'Nee, m'n jongen. Ik heb mijn hele leven op de kanalen doorgebracht.'

'In deze sloep?'

'Dat noemen wij geen sloep, jochie. Het is een smal schip omdat het speciaal gebouwd is voor de kanalen. Daar kun je op zee niks mee beginnen, maar we varen ermee over de kanalen door heel Engeland. Die kanalen lopen door het hele land en zijn allemaal met elkaar verbonden. We hebben net een lading kolen door het Grand Unionkanaal van Brummagem hier naartoe gebracht.'

'Brummagem? Waar ligt dat?'

'Dat noemen jullie Londenaren Birmingham.'

'Ik heb wel eens van Birmingham gehoord', zei Gertie. 'Komen jullie daarvandaan?'

'Ik kom hier vandaan', zei Enoch en knikte met zijn hoofd naar het vrachtschip en het kanaal. 'Dat is mijn thuis. Ik ben op net zo'n schip als dit geboren en ik ben er ook op getrouwd.'

'Waar is je vrouw dan nu?' vroeg Wiggins.

'Het is treurig maar waar, ze is een paar jaar geleden gestorven, God hebbe haar ziel. Nu zijn alleen m'n kleine Nell en ik er nog. Nell zorgt voor me en let ook op het schip, net als haar moeder. Wat vinden jullie van onze Betsy?'

De Boys keken zoekend om zich heen tot ze de naam Betsy zagen, die in mooie gele letters op de zijkant van de kajuit was geschilderd. Eromheen was alles bedekt met prachtige afbeeldingen van rozen, kastelen en mooie figuren. Zelfs de waterkan die op de kajuit stond was helemaal met bloemen beschilderd, net als de schoorsteen die uit het dak stak en waardoor de rook van het glanzend zwarte kolenfornuis, dat in de hoek van de kajuit stond, naar buiten kwam.

De lange rood geschilderde roerpen was omwikkeld met een mooi wit koord, dat op een ingewikkelde manier eromheen gevlochten was. Voor de ramen van de gezellige kajuit hing witte vitrage. Binnen waren ingebouwde kastjes en meubels die opgeklapt konden worden en op de smalle planken langs de wanden stonden mooie borden. Hoewel het schip met steenkool geladen was, was alles brandschoon.

'Het ziet er prachtig uit', zei Sparrow. 'Ik zou best graag op zo'n schip als dit willen wonen.'

'De kajuit ziet er van binnen precies zo uit als onze oude woonwagen', zei Gertie. 'Net zo gezellig.'

En ze vertelde Enoch dat ze vroeger met haar vader in een woonwagen woonde en dat ze met hem over landweggetjes van dorp naar dorp trok, waar hij de potten en pannen van de mensen repareerde. Als ze daaraan terugdacht werd ze altijd treurig en daarom stond ze vlug op, voordat er tranen zouden komen.

'Mag ik met Nelly en het paard meelopen?' vroeg ze. 'Ik hou zo van paarden.'

'Natuurlijk mag dat', zei Enoch. 'Ze zal blij zijn als ze gezelschap krijgt.'

'Maar hou je ogen goed open', waarschuwde Wiggins, 'voor 't geval die twee kerels terugkomen.'

Queenie's enkel deed verschrikkelijk pijn. Ze kon alleen maar lopen als ze op Beavers schouder leunde. Hij bood aan haar op zijn rug te dragen, maar ze zei dat het wel zou lukken om te lopen.

Heel langzaam lopend kwamen ze uiteindelijk thuis in het HK, waar Beaver haar in Wiggins' speciale stoel neerzette en een kom water haalde om haar geschaafde knie schoon te maken. In de kledingkist vond hij een grote lap die hij in repen scheurde en om haar enkel wikkelde.

'Het is een beetje opgezet, maar het ziet er niet zo slecht uit', stelde hij haar gerust.

'Dankjewel, 't had veel erger kunnen zijn.'

'Nou, als die hond je gebeten had, weet ik niet wat we hadden moeten doen. Ik heb gehoord dat als een dolle hond je bijt, je dan ziek kan worden, met schuim op je mond en zo en dan bijt je anderen en dan worden die ook dol en dan…'

'Heel erg bedankt, Beaver', zei Queenie snel, 'dat wil ik verder niet weten.'

'O. Nee, sorry.'

'Ik wil maar één ding weten en dat is: Wat is er met Rosie gebeurd en waar zijn Wiggins en de anderen?'

Gertie vond het heerlijk om samen met Nelly en het paard langs het jaagpad te lopen. Clover was een mooie kastanjebruine merrie met lange zwarte manen en grote hoeven, die met lange witte haren bedekt waren. Ze trok de Betsy voort aan een lang wit touw dat aan haar tuig vastgebonden was.

Gertie bekeek het schip en de berg kolen, die toegedekt was met een zwart dekzeil en ze verbaasde zich erover dat een paard zo'n zware last kon trekken.

'Dat komt doordat het schip drijft', zei Nelly. 'Als het eenmaal in beweging is, is het licht om het te trekken en water is altijd vlak. Water stroomt nooit omhoog.'

'Hoe kom je dan over de bergen?'

'We gaan er helemaal niet over. Er zijn sluizen, die net als traptreden zijn, of het schip gaat in een tunnel onder de berg door. Zoals die daar voor ons.'

Gertie keek vooruit en zag inderdaad dat ze een heuvel naderden. De oevers aan beide kanten van het kanaal werden hoger en het kanaal verdween in een rond zwart gat in een hoge stenen muur. Het jaagpad eindigde voor de tunnel, die te smal was voor een weg naast het kanaal. Nelly maakte het touw los van Clovers tuig en Enoch legde het opgerold op het dek van het schip neer.

'Ga mee', zei Nelly tegen Gertie. 'Wij moeten Clover over de heuvel brengen. We zien ze aan de andere kant weer terug.'

'Is dat ver?'

'Ongeveer een halve mijl.'

'Maar hoe komen ze dan zonder Clover door de tunnel?'

'Er is een sleepboot. Kijk, daar komt er al één.'

Met veel geratel van kettingen verscheen een korte boot, die dikke rookwolken uitstootte, uit de tunnel en een man met o-benen en een gezicht zwart van het roet sprong van boord en begon het vrachtschip vast te maken.

Nelly en Gertie leidden Clover over het steile pad opzij van de tunnel. Toen ze de top van de heuvel bereikten, hoorden ze hoefgetrappel op de straat beneden zich. Gertie keek om en ontdekte tot haar schrik de wagen van de Limehouse wasserij. De beide Chinezen sprongen van de wagen en renden naar het jaagpad toe. Ze hadden zo'n haast dat ze Gertie niet zagen, die zich vlug achter Clover verstopte.

'Dat zijn ze', siste ze naar Nelly. 'Ze moeten bedacht hebben dat we ons op jullie boot hebben verstopt.'

'Wat ga je nu doen?'

'Ik weet niet... wacht, ik heb een idee...'

Toen de beide mannen bij het kanaal kwamen konden ze Wiggins en Sparrow op het schip herkennen, maar ze kwamen te laat – de Betsy verdween in een rookwolk in de tunnel en omdat het jaagpad ophield konden de Chinezen hen niet achtervolgen. Ze stampten van boosheid op de grond, draaiden zich om en wilden terug gaan naar hun wagen... maar ontdekten dat die in zijn eentje verder reed!

Op de bok zat Gertie en ze liet het paard flink aantrekken. Ze pakte de zweep en dreef het steeds meer aan. Vlak voordat het paard van draf in galop overging haalde Gertie diep adem en sprong van de bok af. Ze krabbelde overeind en rende vlug naar Nelly en Clover terug.

De beide mannen schreeuwden zich de longen

uit hun lijf en renden langs de straat achter hun wagen aan. Binnenin hield Shiner zich angstig vast, want hij werd nogal heen en weer geslingerd. Hij probeerde te begrijpen wat er aan de hand was en hij was bang dat de wagen ergens tegenaan zou rijden en zou omkiepen. De bundels wasgoed waren zacht genoeg om de klappen op te vangen zodat hij zich geen pijn deed, maar de grote manden waren hard en hadden metalen hoeken. Toen de wagen door een kuil in de weg bolderde, sloeg zo'n metalen hoek tegen Shiners hoofd. Hij voelde een klap – daarna werd alles donker.

De wagen was een flink eind de straat uitgereden toen het paard langzamer ging lopen en het een agent lukte om het te laten stoppen.

Toen de Chinezen de wagen ingehaald hadden, zagen ze de agent, die dacht dat het paard op hol geslagen was.

'Het paard moet ergens van geschrokken zijn', zei hij. 'Enig idee waardoor dat gebeurd is?'

De Chinezen haalden hun schouders op en schudden met hun hoofd. Ze spraken met geen woord over Gertie en de Boys.

'Jullie hebben geluk gehad', zei de agent en haalde zijn notitieblokje tevoorschijn.

'Er schijnt verder niets gebeurd te zijn. Pas op dat je voortaan de remmen aantrekt als jullie je wagen alleen laten. In orde? Hebben jullie het begrepen?'

De mannen knikten en probeerden schuldbewust te kijken.

'Kijk liever eens of alles met de wagen in orde is', ging de agent verder, terwijl hij langzaam om de wagen liep en de wielen inspecteerde.

'En hoe is het binnenin?' vroeg hij.

Ze openden de deuren aan de achterkant en keken naar binnen. Alles wat ze konden zien was een wirwar van manden en bundels wasgoed. Shiner, die bewusteloos was, lag er goed verborgen onder.

'Nogal een rommel, hè?' zei de agent. 'Zal ik even helpen met opruimen?'

De mannen schudden hun hoofd. 'Nee. We doen later, in wasserij.'

Ze bogen voor de agent om hem te bedanken en omdat ze wisten dat het te laat was om nog terug te gaan naar het kanaal om de Boys te pakken te krijgen, klommen ze weer op de bok van de wagen en reden weg.

De rook in de tunnel was zo dik dat Wiggins en Sparrow bijna stikten, maar Enoch scheen er geen last van te hebben. Vroeger, vertelde hij, toen er nog geen stoomsleepboten waren, moesten de schippers, zoals zijn vader, hun vrachtschepen met hun benen door de lage tunnels duwen. Ze lagen dan op hun rug op het dak van de kajuit en zetten zich met hun voeten af tegen de bovenkant van de tunnel om de boot vooruit te duwen.

'Het was hard werken, dat kan ik je wel zeggen. Daarom geef ik niets om zo'n beetje rook', zei Enoch. En als bewijs stak hij zijn pijp weer aan en blies de rook tevreden voor zich uit, terwijl het schip door het donker voer naar een kleine lichtvlek aan het andere eind van de tunnel, die langzaamaan steeds groter werd, tot ze weer in het daglicht kwamen.

Tegen de tijd dat de Betsy weer losgemaakt was van de sleepboot, waren ook Nelly en Gertie met Clover aangekomen en ze popelden van verlangen om Wiggins en Sparrow alles te vertellen over de Chinezen en de bestelwagen. Toen hij zich voorstelde hoe de twee mannen achter hun wagen aan hadden moeten rennen, moest Wiggins grinniken, maar hij zei dat ook al waren ze de twee voorlopig kwijt, ze toch een gevaar bleven. De Boys zouden op hun hoede moeten blijven en naar hen uit moeten kijken, zowel onderweg als bij hun aankomst in Limehouse.

'Hij heeft gelijk', vond ook Enoch. 'Je kan niet voorzichtig genoeg zijn als je met zulke vreemdelingen te maken hebt. Jullie hebben iets nodig om op krachten te blijven. Wat vinden jullie van wat te bikken?'

'Te bikken?' De Boys keken verbaasd. 'Wat is dat?'

'Je weet wel, bikken. Een hapje. Iets te eten. Houden jullie van spek?'

De Boys keken hem met open mond aan en knikten. Of ze van spek hielden? Alleen bij het idee al liep het water hen in de mond!

'Prima', zei Enoch. 'Nell, zet de pan op het fornuis. Het is etenstijd.'

Toen Shiner wakker werd, was hij duizelig en hij vroeg zich af waar hij was. Eerst begreep hij helemaal niet wat al die bundels en manden betekenden die over hem heen lagen. Hij worstelde om eronderuit te komen en rechtop te gaan zitten. Zijn hoofd deed pijn en toen hij het aftastte ontdekte hij een grote buil – ter grootte van een duivenei – boven zijn oog. Hij kon in het donker niets zien, maar dichtbij hoorde hij stemmen die in een vreemde taal brabbelden. Plotseling herinnerde hij zich de Chinezen weer en wist hij weer waar hij was. De wagen stond nu stil. Waren ze aangekomen? Hij luisterde ingespannen en deed zijn best te ontdekken wat er aan de hand was.

'Waar waren jullie zo lang?' vroeg een nieuwe stem in het Engels, op een rustige maar dreigende toon.

'Hebben jullie wat nieuwe meisjes voor me meegebracht?'

'Niet kunnen doen, baas', zei een andere stem, die Shiner herkende als een van de Chinezen.

'Waarom niet?'

'Te veel jongens ons volgen. Spioneren naar wat wij doen.'

'Jongens? Wat voor jongens?'

'Jongens van de straat. Een heet Wiggi?'

'Wiggi? Wiggins! De Boys! Die vervloekte jongens! De maatjes van Sherlock Holmes! Als er één van hen hier opduikt, dan neem je hem te pakken, begrepen?'

'Hoe te pakken, baas?'

'Ruim ze uit de weg', siste de man. 'In de rivier ermee.'

Shiner slikte. De situatie was ernstig. Ze zouden zometeen de deuren van de wagen openen en als ze dat deden zouden ze hem zien – en dan zou hij uit de weg geruimd worden. Het zou hem niet lukken ongezien eruit te sluipen.

Hij tilde het deksel van een van de grote manden omhoog. Die was maar tot de helft gevuld met wasgoed en er was nog genoeg plaats voor een niet te grote jongen. Hij klom erin en kon nog net het deksel dichtklappen voordat de deuren geopend werden.

'Zorg ervoor dat de vracht vanavond helemaal wordt ingeladen', ging de man verder. 'Het schip zeilt morgenochtend weg als het hoog water is.'

'Ja, baas. We maken alles klaar.'

'Goed. En hou de rest van de mannen aan boord, zodat er geen gevaar is dat ze iets verraden. En ruim nu die wagen uit.'

De mannen trokken de eerste grote mand eruit en er verschenen nog meer Chinezen om de manden weg te dragen. Shiner gluurde door de smalle spleetjes van het vlechtwerk van zijn mand en kon met moeite een smalle straat met hoge gebouwen zien. Een lange in het zwart geklede man liep naar een rijtuig toe dat op de hoek stond te wachten.

Hij nam bij het instappen zijn hoed af en onthulde een glimmende kale schedel. En toen hij de deur van het rijtuig sloot, zag Shiner daar een bekend monogram op staan – de krullerige letter 'M'.

'Moriarty!', fluisterde hij voor zich uit, terwijl de mannen de mand optilden en deze, mopperend over het gewicht ervan, het gebouw binnendroegen.

Plotseling was Shiner door allerlei geluiden omgeven – het rammelen van grote metalen vaten, het sissen van stoom, en verder een gebonk en geklop dat hij niet thuis kon brengen en het geluid van luide Chinese uitroepen. Gevangen in zijn mand kon hij niets duidelijk zien, maar er was geen twijfel aan dat hij zich in de Limehouse Wasserij bevond. In het hol van de gevreesde draak.

In het hol van de draak

'Zo, daar zijn we dan, m'n kleintjes', kondigde Enoch in zijn stevige Birminghamse dialect aan. 'Het Limehouse-bekken.'

Wiggins, Sparrow en Gertie keken naar de drukte die zich voor hen afspeelde. Het kanaal was uitgemond in een breed havenbekken, dat werd omgeven door hoge pakhuizen, aanlegsteigers en kranen. Aan de kaden lagen schepen, boten en sloepen in alle vormen en maten, waar havenarbeiders aan het laden en lossen waren. Aan de verst verwijderde kant sloten een paar reusachtige sluisdeuren de doorgang naar de Theems af. Daar konden de Boys de masten en schoorstenen zien van een groot stoomschip, dat de rivier afvoer op weg naar de zee.

'Het spijt me, jongens', zei Enoch, 'ik zou graag met jullie meegaan, maar we moeten onze ligplaats zoeken, de lading lossen en het paard naar zijn stal brengen en verzorgen. Jullie moeten je nu zelf weer redden.'

'Dat is goed', antwoordde Wiggins. 'Bedankt voor alle hulp. En voor het bikken!'

'Veel succes', riep Nelly hen na toen ze hen uitzwaaide en ze over de kade wegliepen.

'Wat doen we nu?' vroeg Sparrow, terwijl hij verbaasd al de gebouwen, mensen en schepen bekeek.

'Waar beginnen we?' viel Gertie hem bij.

'We beginnen', antwoordde Wiggins, 'met onze ogen te gebruiken.'

'Goed, maar waar kijken we naar?' vroeg Sparrow.

'Naar alles wat er ongewoon uitziet.'

'Ik vind dat alles er ongewoon uitziet', zei Gertie. 'Ik ben hier nog nooit geweest.'

'Maar het eerste waar we naar uitkijken is de Limehouse Wasserij, klopt dat?'

'Precies!'

'En laten we maar opschieten, want het zal wel vlug donker worden!'

Rond het Limehouse-bekken zagen ze niets dat er als een wasserij uitzag, net zo min als iets dat ook maar leek op een drakenhol.

'Zeg nog eens precies wat die man over het bekken heeft gezegd', vroeg Wiggins aan Sparrow.

'Hij heeft gezegd dat als wij de meisjes wilden vinden, we op de draak moesten jagen bij het bekken.'

'Aha!' zei Wiggins op zijn beste Sherlock Holmestoon.

'Bij het bekken. Niet in het bekken?'

'Ja, dat heeft hij gezegd. Ik weet het zeker.'

'Mooi zo, kom maar mee.'

Ze gingen op weg naar de toegangshekken, waar ze een bewaker in uniform vroegen waar de wasserij was. Hij bekeek hun afgedragen kleren en grinnikte.

'Jullie moeten zeker jullie wasgoed ophalen?' vroeg hij.

'Goed geraden, beste man', antwoordde Wiggins met een deftige stem, terwijl hij ook lachte. 'U moet weten dat we vanavond naar een bal gaan.'

De bewaker lachte. 'Jullie kunnen vanavond beter hier blijven', zei hij. 'Er is feest. Eén of andere Chinese feestdag. Ze vieren Nieuwjaar of zo.'

'Geen tijd voor feesten', zei Wiggins. 'We moeten iets belangrijks doen. Dus als u me wilt zeggen waar de wasserij is?'

'Direct om de hoek. Door die poort, dan naar links en dan weer rechts. Je kunt het niet missen.'

'De Boys bedankten hem en volgden zijn aanwijzingen. Ze zagen dat ze in een deel van Londen waren dat heel anders was dan Baker Street. De straten waren nauw en kronkelig, de gebouwen oud en bouwvallig en de bovenste etages bogen zich naar elkaar toe alsof ze steun bij elkaar zochten. Aan veel huizen hingen uithangborden met Chinese tekens erop geschilderd en de meeste mensen die buiten zaten of rondliepen waren Chinezen. Sommige mensen waren wit, andere zwart of ze kwamen uit India, de meeste zagen eruit als zeelui.

Overal waren de mensen bezig zich voor te bereiden op het feest van die avond. Ze hingen gekleurde papieren lampionnen op aan stokken die aan de huizen vastgemaakt waren en zetten kraampjes neer waar allerlei lekkers verkocht zou worden. Ze kookten vreemd ruikende hapjes die Sparrow herinnerde aan de gekruide maaltijd van de Chinese acrobaten in de kleedkamer. Een oude vrouw klemde een hapje tussen twee stokjes en hield het hun voor om te proeven, maar Sparrow hield zijn hand voor zijn mond en deed snel een stapje achteruit, hoewel hij echt trek had. Gertie daarentegen nam graag een stukje vlees aan en zei dat het 'lekker pittig' smaakte. Het scheen bij haar helemaal niet in haar mond te branden. Het was blijkbaar volgens een ander recept gemaakt dan het eten van de acrobaten, maar ondanks dat bleef Sparrow argwanend en probeerde hij het liever niet.

Terwijl de Boys door de straten slenterden, hoorde ze heel dichtbij een luide knal. Het klonk als een kanonschot en meteen daarna hoorden ze korte, scherpe geluiden als een geweersalvo. De Boys doken van schrik in elkaar, maar verder scheen niemand bang te zijn. Integendeel, er volgde een luid gejuich en in een aangrenzende straat begon muziek te spelen: een vreemd soort trompet, het gekletter van bekkens en getrommel.

De Boys liepen snel de hoek om zodat ze konden zien wat daar gebeurde en plotseling stonden ze voor... een draak! Gertie en Sparrow schreeuwden van schrik en zelfs Wiggins ging een stap achteruit. Maar ze zagen al vlug dat het geen echte draak was. Hij was groot, had vrolijke kleuren en was gemaakt van papier, zijde en ijzerdraad. Zijn vele poten waren mensenbenen – onder de huid van de draak waren mensen verborgen, die zich springend en dansend door de menigte bewogen en rookwolken uit zijn neusgaten en wijd opengesperde bek lieten komen. Ze gooiden tegelijkertijd zevenklappers op straat die rond de voeten van de mensen uit elkaar knalden, zodat die verschrikt opzij sprongen. Na de eerste schrik schaterden de Boys het uit en sloegen elkaar opgelucht op de schouders.

'Nou zeg', zei Sparrow, 'ik dacht even dat we er geweest waren.'

Ze waren graag achter de papieren draak aangelopen om mee te doen met het feest. Maar ze begrepen allemaal dat ze door moesten gaan met het zoeken naar Rosie, dus draaiden ze zich om en keken weer om zich heen. Het duurde niet lang voordat ze de Limehouse Wasserij gevonden hadden en hoewel ze het niet wisten stonden ze precies op de plek waar Shiner kort daarvoor professor Moriarty ontdekt had. Van de bestelwagen en de beide mannen die hen achterna gezeten hadden, was nu niets meer te zien.

De dubbele deur van de wasserij was gesloten, maar er zaten ramen in het bovenste gedeelte. De Boys gluurden naar binnen en zagen een aantal Chinese mannen en vrouwen die vlijtig bezig waren lakens, overhemden en andere kleren te wassen, te strijken en op te vouwen. Aan één kant stond een rij grote manden, zoals ze ook in de bestelwagen hadden zien staan, en achterin de ruimte stond een rij wasketels, enorme grote metalen kuipen verhit door grote gasbranders.

De Boys konden niets ontdekken dat naar de meisjes verwees en ze wilden zich alweer omdraaien om verder te zoeken. Op dat moment nam één van de mannen in de wasserij het houten deksel van één van de wasketels en liet een wolk stoom ontsnappen. Hij tilde met een andere man de mand die het meest dichtbij stond omhoog en kiepte de inhoud in de wasketel. Er spatte wat kokend water op de arm van de eerste man. Hij liet een schreeuw van pijn horen en de andere mannen renden naar hem toe om hem te helpen. Ze lieten hem op de volgende mand in de rij zitten en bekommerden zich om zijn verbrande arm.

'Nou, dat zal flink pijn gedaan hebben', zei Sparrow medelijdend.

Binnenin de mand waar de man op zat, beet Shiner zich op zijn lip en probeerde rustig te blijven. Dat was niet makkelijk, want door de spleten in het vlechtwerk van de mand had hij gezien hoe de mannen de vorige mand in het kokende water geleegd hadden. Als ze dat ook met zijn mand zouden doen? Het was vreselijk om dat te bedenken.

Op dat moment hoorde Shiner nieuwe stemmen in de ruimte, die luid vroegen wat er aan de hand was.

Wiggins, Gertie en Sparrow hielden hun adem in toen ze zagen dat twee nieuwe mannen door een gordijn achterin de ruimte naar binnen renden.

'Dat zijn ze!' riep Gertie een beetje te hard. 'Die kerels van de bestelwagen.'

Bij het horen van haar stem keek één van de mannen in hun richting en zag hoe de Boys door het raam naar binnen gluurden. Hij herkende ze, greep zijn maat bij de arm, wees naar de kinderen en riep iets.

'Vlug!' riep Wiggins. 'Rennen!'

De beide mannen van de bestelwagen bekommerden zich niet meer om de man met de verbrande arm, maar renden door de wasserij en door de deuren naar buiten. Zo snel ze konden renden de Boys, met de beide mannen achter zich aan, door de straat.

De mannen in de wasserij – inclusief de man die zich had verbrand – liepen naar de deuren om te zien wat er gebeurde. Shiner duwde het deksel van zijn mand wat omhoog en gluurde door de spleet.

De mannen stonden allemaal in de deuropening met hun rug naar hem toe. Het zou hem nooit lukken om door de buitendeuren te ontkomen zonder gezien te worden, maar hij kon wel uit de mand glippen – en ontsnappen aan het kokende water in de wasketel dat hem anders te wachten stond. Hij klom er vlug uit, rende door de ruimte en verdween achter het gordijn waar de twee mannen door naar binnen waren gekomen. De deuropening leidde naar een donkere gang en een bouwvallige trap. Hij had er geen idee van waar die zou eindigen, maar het was de enige vluchtweg. Met een heftig bonzend hart, dat aanvoelde alsof het uit elkaar zou springen, begon Shiner de trap te beklimmen.

Buiten op straat probeerden Wiggins, Sparrow en Gertie zich een weg te banen door de feestende menigte. Maar de beide Chinezen waren lang genoeg om hen over de hoofden van de mensen te kunnen zien, zodat het moeilijk was om aan hen te ontkomen. Over zijn schouder achteromkijkend, stelde Wiggins vast dat de twee mannen op hen inhaalden. Ze zochten zich onbehouwen een weg door de mensen en gooiden daarbij soms een kraampje met etenswaren om.

'We raken ze nooit kwijt', hijgde Gertie, toen ze bij een hoek kwamen.

'Hoe moeten we nu?' vroeg Sparrow ademloos.

'Hierlangs! Kom', zei Wiggins. 'Hier de hoek om. En dicht bij elkaar blijven!'

Maar toen ze de hoek omgingen, zagen ze dat ze een doodlopende straat ingelopen waren, en dat de papieren draak hieruit, dansend en golvend en nog altijd angstaanjagend, op hen afkwam.

'O, verdorie, nu zijn we erbij', steunde Sparrow. 'Nu hebben ze ons vast en zeker te pakken.'

Toen hoorde hij iemand zijn naam roepen.

'Spa-low!' riep een bekende stem. 'Kom! Hielon-del!'

'Wat …? Wie…? Li!'

De zijkant van de draak werd omhooggetild en het lachende gezicht van Li, de Chinese jongen uit het theater, kwam te voorschijn. Hij pakte Sparrows mouw en trok hem in de schuilplaats, en andere handen deden hetzelfde bij Wiggins en Gertie. In het gedempte licht kon Sparrow de hele groep acrobaten zien die samen de draak tot leven brachten.

'Dansen!' commandeerde Li.

Dat hoefde je de Boys geen twee keer te vertellen. Ze hielden zich vast aan het bamboegeraamte binnenin de draak en deden de passen van de acrobaten na en dansten zo het doodlopende steegje uit, langs de beide mannen van de bestelwagen, die niet in de gaten hadden dat de draak plotseling drie paar extra voeten had.

Shiner liep op zijn tenen de trap op, tot aan een overloop die door een flakkerende, ouderwetse gaslamp verlicht werd, waarvan het licht de donkere hoeken niet bereikte. Gespannen tuurde hij de duisternis in – daar kon zich van alles verborgen houden. De planken vloer kraakte toen hij erop stapte, maar het vuurwerk op straat maakte zoveel lawaai, dat waarschijnlijk niemand het hoorde.

Er kwamen drie deuren op de overloop uit. Heel voorzichtig opende Shiner de eerste deur, bang voor wat zich aan de andere kant zou bevinden. Tot zijn opluchting was het alleen maar een kleine, lege voorraadkamer. Door een raam aan de andere kant van de kamer kon hij de lichtjes van schepen zien bewegen die de rivier op en af voeren. Toen hij het raam wilde openen, ontdekte hij dat het afgesloten was en bovendien zat het veel te hoog om eruit te springen. Het was eb en in de schemering kon hij een modderige vlakte onder het raam zien, die weinig uitnodigend was. Als je daarin sprong, dacht hij, zou je er beslist in wegzakken en opgeslokt worden zoals in drijfzand. Shiner huiverde bij die gedachte en liep vlug naar de volgende deur. Ook daarachter was een lege kamer, ook met een raam dat niet geopend kon worden.

Achter de derde deur was echter een donkere, bochtige gang. Misschien kon hij daardoor naar buiten komen. Shiner keek voorzichtig om zich heen en luisterde of hij iets hoorde, toen sloop hij de gang door en klom weer een paar treden omhoog. Aan het einde ervan was weer een deur en toen hij erdoor ging, stelde hij verbaasd vast dat hij in het volgende huis moest zijn.

Het eerste wat Shiner in dit buurhuis opviel was de geur. De wasserij had naar stoom en zeep geroken en naar nat wasgoed, maar hier rook het heel anders. Er hing een zoete, rokerige geur in de lucht. Hij kon niet bedenken wat het was, maar hij werd er een beetje misselijk van, en dat kwam vooral omdat hij de hele dag nog niets gegeten had. Hij snoof eens flink en werd helemaal duizelig.

Shiner schudde met zijn hoofd om het draaierige gevoel kwijt te raken en keek om zich heen. In de eerste kamer die hij binnenstapte, lagen drie of vier dunne matrassen op de grond en aan haken aan de muur hing allerlei Chinese kleding. Op een smalle tafel tegen de muur stond een afbeelding gemaakt van gehamerd goud en daar omheen een paar beeldjes van kleine dieren. Een ervan zag eruit als de draak van jade uit de hal van het huis in Baker Street 221b.

Shiner liep naar het raam en ontdekte dat het niet afgesloten was. Het had een ander uitzicht dan de ramen in het vorige huis en buiten, vastgelegd aan de kade, kon hij een ouderwets schip zien dat behalve masten en een tuigage voor zeilen, ook een stoompijp had. Op de kade tussen het schip en het huis stond een hijskraan op hoge poten. De achterkant van de kraan was niet zo ver van het huis af en Shiner dacht dat hij er wel op zou kunnen springen en dan naar beneden kon klimmen om zo te ontsnappen.

Het idee om uit het raam te springen en weg te rennen was erg verleidelijk. Maar Shiner dacht weer aan Rosie en de andere bloemenmeisjes en besloot dat hij, nu hij in het huis was, naar hen moest zoeken, ook al zou het gevaarlijk kunnen worden. Hij raapte al zijn moed bij elkaar, sloop naar de gang terug en opende heel voorzichtig de volgende deur.

Hij hoorde in deze kamer geen geluid, maar de zoete rokerige geur was veel sterker. Zo sterk, dat het leek alsof hij omviel. Een vreselijke gedachte schoot door zijn hoofd – hoe rook de adem van een draak eigenlijk? Zou dat het zijn?

Hij hield zijn adem in, duwde de deur wat verder open en gluurde door de kier. Tot zijn opluchting zag hij geen draak en ook geen ander vreemd wezen, alleen was hier de lucht vol gele rook. Hij kon een rij lage houten bedden zien, met naast ieder bed een tafeltje. En op bijna alle bedden lagen mannen – behalve Chinese ook zwarte en blanke mannen – die tegen smoezelige kussens leunden en allemaal uit lange dunne pijpen met zilveren koppen rookten. Ze zagen er dromerig en slaperig uit. Een paar hadden hun ogen dicht, anderen staarden met een lege blik in de verte alsof ze niets zagen.

Terwijl Shiner stond te kijken hief een van de mannen traag zijn arm op en mompelde wat, waarop een oude Chinese vrouw in een wijde zwarte broek en een losvallende blouse naar hem toe slofte en zijn pijp verwisselde voor een nieuwe.

Shiner stond zo geboeid te kijken dat hij eerst niet merkte dat er iemand achter hem door de gang dichterbij kwam. Tegen de tijd dat hij het hoorde was het te laat voor hem om ongezien te verdwijnen. Hij dacht razendsnel na en begreep dat er maar één mogelijkheid was. De oude vrouw stond met haar rug naar hem toe, zodat hij de kamer in kon glippen. Geen van de rokers lette op hem – zij waren allemaal ver, ver weg in hun dromenland.

Een ogenblik bleef hij in paniek staan en overlegde wat hij moest doen. Toen hij een geluid bij de deur hoorde, liet hij zich op de vloer vallen en kroop onder het bed dat het meest dichtbij hem stond. Het was heel nauw, maar er was net plaats genoeg. Het was maar goed dat niet Wiggins of Beaver in zijn plaats daar moesten liggen, want zij zouden beiden te groot geweest zijn. Op maar een paar centimeter van zijn gezicht vandaan zag hij twee paar voeten. Voor Shiner waren laarzen net zo persoonlijk en herkenbaar als gezichten en hij wist meteen dat ze bij de mannen van de bestelwagen hoorden.

Toen de laarzen zich verwijderden, waagde Shiner het om naar het voeteneind van het bed te schuiven, waarvandaan hij meer kon zien. De twee mannen liepen door de zaal naar een zware deur aan de andere kant. Eén van hen pakte een grote sleutel die hoog aan een spijker in de muur hing en deed daarmee de deur open. Ze keken nog een keer om, alsof ze wilden zien of ze door iemand bekeken werden, toen stapte één van hen door de deur en sloot hem achter zich, terwijl de andere man de wacht bleef houden. Shiner lag doodstil, hij hield zijn ogen open en wachtte, terwijl hij nauwelijks adem durfde te halen.

De triades

Met Queenie's enkel ging het, nadat ze een poosje gerust had, een stuk beter, maar daar dacht ze al niet meer aan. Het was alweer lang geleden dat zij en Beaver de anderen achter de twee Chinezen in de wasserijwagen aan hadden zien weghollen. Intussen was het donker en geen van hen was teruggekomen. Queenie maakte zich langzamerhand behoorlijk wat zorgen. Ze keek verwachtingsvol op toen ze voetstappen op de trap van het HK hoorde. Maar het was alleen Beaver die naar buiten was geweest om naar de anderen uit te kijken. Hij schudde zijn hoofd.

'Nergens een spoor van ze te zien', berichtte hij.

'Het bevalt me helemaal niet, Beav', zei Queenie.' Ze zouden allang terug kunnen zijn.'

'Tja', antwoordde hij en probeerde de zaak positief

te bekijken. 'Als ze die wasserijkerels niet kwijt geraakt zijn, dan zitten ze misschien nog achter ze aan, het is toch een heel eind naar Limehouse, hè?'

'Dat is waar. Maar het bevalt me toch niet.'

'En als ze misschien dat drakenhol gevonden hebben…'

'O, hou op. Er kan van alles gebeurd zijn. Ze kunnen wel tot as verbrand zijn door zijn vurige adem…'

'Maar die man in de dierentuin zei toch dat er geen draken meer bestaan. En hij moet het toch weten.'

Queenie was nog niet helemaal overtuigd.

'Ik wilde wel dat meneer Holmes niet weg was', zei ze. 'Hij zou het wel weten. Hij weet alles.'

'Misschien is hij wel terug. Waarom gaan we niet even kijken?'

Queenie knikte. 'Goed. Dat is beter dan hier zitten en ons zorgen maken neem ik aan.'

Op het feest slingerde de draak zich nog steeds door de mensenmenigte, terwijl de mannen voetzoekers gooiden die op de grond knetterden en knalden en alle kanten op schoten. Het lawaai was oorverdovend. Li gaf Wiggins ook een handvol en zei dat hij ze iedereen voor de voeten moest gooien die te dichtbij kwam, zodat niemand onder de draak zou kijken. Eindelijk stopte de draak ver weg van de menigte in een wat afgelegen zijstraat. De acrobaten tilden de draak omhoog, en kropen onder het drakengeraamte uit en zetten het op de grond.

'Jullie goed mee doen', vertelde Li de drie Boys. 'Jullie nu veilig.'

'Dank je', zei Wiggins. 'Dank jullie allemaal.' Hij boog voor de acrobaten om zijn waardering te laten zien en Sparrow en Gertie deden hetzelfde.

Sparrow keek naar de man die achter het toneel in het theater tegen hem had gesproken en wees toen naar het monster uit papier en zijde.

'Is dit de draak waar we jacht op moesten maken?' vroeg hij. De man keek verbaasd, schudde zijn hoofd en lachte. Hij praatte even tegen de anderen die ook begonnen te lachen, alsof Sparrow iets heel grappigs had gezegd. Li luisterde naar hen en legde toen aan de Boys uit waar het over ging.

'Hij zegt helemaal geen dlaak. Chinezen zeggen 'dlakenjacht', betekent opium loken.'

'Opium?' vroeg Wiggins.

'Jullie kennen opium? In pijp doen en roken. Maakt slapelig en heel veel dlomen. Dat heet "dlakenjacht", Chinezen zo zeggen.'

'Ik snap er niets meer van', zei Wiggins. 'Die jacht op de draak – ik heb het gevoel dat we op spoken hebben gejaagd.'

Nu was het Li zijn beurt om verbaasd te kijken.

'Spoken jagen?'

'Ja, ik bedoel dat je achter iets aan zit dat niet bestaat.'

'Wacht eens even', bemoeide Gertie zich ermee. 'Hoe is het met Rosie? En Lily en de andere meisjes? Zij bestaan toch? Zij zijn geen spoken.'

'Dat is zo', viel Sparrow haar bij. 'En we hebben ze nog steeds niet gevonden.'

Een van de mannen zei iets in het Chinees.

'Hij zegt, jullie zijn op de goeie plek gekomen', vertaalde Li.

De Boys staarden hem verbaasd aan.

'Bedoel je dat ze hier zijn?' vroeg Wiggins.

'Ja. Heel dichtbij. Maal het is betel dat jullie nu naal huis gaan.'

'Naar huis gaan?' viel Gertie uit. 'Wat bedoelt hij?'

De man zei nog iets, haalde toen zijn vinger langs zijn keel en maakte een wurgend geluid. Hij keek erg angstig.

'Veel slechte mannen', zei Li. 'Holen bij Tliade.'

'Tliade?' vroeg Sparrow. 'Bedoel je Triade? Wat is dat?'

Li keek zenuwachtig rond en liet zijn stem dalen voordat hij antwoordde.

'Ja, Tliade is Chinese geheime bende. Veel, veel boos. Mannen hiel holen bij Tliade, heet Lode Vuist. Gloot gevaal. Doen slechte dingen. Moolden. Stelen. Alles.'

'Het klinkt als de bende van de Zwarte Hand', zei Sparrow.

'Alleen erger', vond Wiggins.

'Nou, dat kan me niet schelen', riep Gertie opstandig. 'Ik ben niet bang voor een of andere Chinese triangel.'

'En ik ook niet', viel Sparrow haar bij. 'Als Rosie en Lily en de anderen hier ergens zijn, moeten we ze vinden.'

'En redden', zei Wiggins.

De acrobaten waren blijkbaar erg angstig.

'Huis. Naar huis', drong de eerste man aan en hij legde zijn handen eerst op zijn oren, daarna op zijn ogen en toen op zijn mond.

'Wat betekent dat nou weer?' vroeg Gertie.

'Niets horen, niets zien en niets zeggen', legde Wiggins uit. 'Hij wil niets met deze Triade te maken hebben.'

De man knikte heftig. 'Huis', herhaalde hij. 'Boze mannen doden. Naar huis gaan.' Toen klapte hij in zijn handen en riep naar de anderen dat ze de draak weer op moesten tillen. Li aarzelde toen ze zich onder het bamboegeraamte opstelden. Hij wilde liever blijven en de Boys helpen, maar de man sprak op scherpe toon tegen hem en trok hem op zijn plaats in de staart van het papieren monster. De acrobatengroep danste het straatje weer uit om zich opnieuw in het feestgewoel te mengen.

'Tja', zei Wiggins, ''t Ziet ernaar uit dat we onszelf moeten redden. Roeien met de riemen die je hebt, zeg je dan.'

Queenie en Beaver liepen zo snel als Queenie's bezeerde enkel het toeliet, naar Baker Street. Toen ze bij nummer 221b aankwamen, stopte een koets voor het huis. Daar zaten Sherlock Holmes en Dr. Watson in, die terugkwamen van het laatste onderzoek van de grote detective, dat ze zojuist hadden opgelost.

'Meneer Holmes! Dokter Watson!' riep Queenie zo hard als ze kon. 'We moeten u spreken. Het is dringend!'

De beide mannen draaiden zich om en keken haar verbaasd aan.

'Kijk nu eens, dat is Queenie. En Beaver', zei meneer Holmes. 'En het ziet ernaar uit dat jullie op het oorlogspad geweest zijn.'

'Gestruikeld', legde Queenie uit. ''t Valt wel mee.'

'Kom binnen, dan zal ik er even naar kijken', zei Dr. Watson.

'Daarom zijn we niet hier', zei Queenie. 'We moeten met meneer Holmes praten. Het gaat om een zaak van leven of dood.'

'Precies', voegde Beaver eraan toe. 'Om leven en dood.'

'Dat moet haast wel, als jullie zo laat nog op pad zijn', zei Dr. Watson. 'Kan het niet tot morgen wachten?'

'Nee meneer. Echt niet. En er is verder niemand die naar ons wil luisteren.'

'Nou goed dan', zei meneer Holmes. 'In dat geval wil ik het wel doen.'

Een nogal slaperige Billy, die een ochtendjas over zijn nachtkleding droeg, had de deur al open gedaan en hield hem vast, terwijl de koetsier twee leren koffers naar binnen droeg en Dr. Watson hem betaalde. Meneer Holmes knikte naar Billy en bleef in het voorbijgaan even staan.

'Je kunt de koffers naar boven brengen, Billy',

zei hij. 'En vertel me dan waarom je over dat verdwenen jaden beeldje zo ontroostbaar bent. En hoe
dat samenhangt met de zaak waarover mijn jonge
vrienden mij willen spreken.'

'Maar hoe weet u…?' vroeg Billy verbaasd.

'Ik heb ogen in mijn hoofd, Billy en ik gebruik
ze. Ik zag dat je terneergeslagen keek naar de plek
op de tafel waar de jaden draak van mevrouw Hudson altijd stond. En ik zag dat Queenie er ook naar
keek. Waarom zou ze daarin geïnteresseerd zijn,
vroeg ik me af.'

'Omdat het een draak was', barstte Queenie los.

'Hm. Ik moet toegeven dat de betekenis van die
opmerking me ontgaat. Maar jullie zullen mij dat
zeker uitleggen. Kom verder.' En met deze woorden
liep meneer Holmes naar boven en liet het aan Dr.
Watson over om Queenie de trap op te helpen en
haar op de bank in de woonkamer te installeren.

Terwijl Billy de koffers naar boven bracht en Dr.
Watson zijn dokterskoffertje haalde en Queenie's
enkel onderzocht, vertelden Queenie en Beaver aan
meneer Holmes wat er allemaal was gebeurd. Hij
luisterde met veel belangstelling toe, terwijl ze vertelden over het verdwijnen van Rosie en de andere
bloemenmeisjes, tot aan de val van Queenie bij de

achtervolging van de wasserijwagen.

'Vergeet de perfessor niet', hielp Beaver Queenie herinneren.

'Perfessor – ah professor?' vroeg meneer Holmes. 'Bedoelen jullie toevallig professor Moriarty?'

'Ja meneer. Die is het. Toen we uit het politiebureau in de Bow Street kwamen zagen we zijn rijtuig net de hoek omgaan. Alsof hij ons in het oog had gehouden.'

'Aha!' riep meneer Holmes uit. 'Ik had kunnen weten dat deze schurk een vinger in de pap heeft. Zonder twijfel verklaart dat ook de diefstal van het jaden beeldje uit dit huis.'

'Maar waarom dan, meneer?' vroeg Billy.

'Dat is vast en zeker een uitdaging aan mij. Een soort op de proef stellen.'

'U bedoelt dat hij hier binnen gekomen is, meneer? Hier in huis?'

'Ik neem aan dat hij het niet zelf is komen halen. Waarschijnlijk heeft hij een handlanger gestuurd. Dat past bij hem. Ah', hij trok zijn wenkbrauwen omhoog, 'ik heb het. Door welke wasserij laat mevrouw Hudson de was doen?'

'We hebben een nieuwe, meneer. Een Chinese wasserij uit Limehouse.'

'Daar is je antwoord. Mevrouw Hudson heeft geen reden om jou de schuld te geven, Billy. Het is ongetwijfeld onderdeel van een laaghartig plan. Het ziet ernaar uit dat professor Moriarty zich van de diensten van een bende Aziatische schurken heeft verzekerd. Dat noemt men in China een Triade. Dat is inderdaad een ernstige aangelegenheid. Luister eens Queenie, Beaver. Denk goed na en probeer je alles te herinneren. Elke kleinigheid kan voor het ophelderen van deze misdaad van betekenis zijn.'

'We hebben u alles al verteld, meneer', zei Queenie.

'Ja, daar twijfel ik niet aan.'

Hij dacht even geconcentreerd na, toen klaarde zijn gezicht op.

'Vertel me nog eens precies', zei hij, 'wat de Chinese acrobaat in het theater tegen Sparrow gezegd heeft.'

'Hij heeft gezegd dat als wij onze vriendinnen wilden vinden, we naar de draak moesten uitkijken, die bij de kom was.'

'In de hal op de tafel waar de jaden draak stond, staat een zilveren kom', opperde Dr. Watson. 'Zou het kunnen zijn dat hij die bedoeld heeft?'

Meneer Holmes gaf geen antwoord, maar liep opgewonden de kamer op en neer en dacht na. Toen draaide hij zich om en stak zijn vinger omhoog. 'Naar de draak uitkijken?' vroeg hij. 'Wat zei hij precies?'

'Wij moesten op hem jagen, ik geloof dat Sparrow dat heeft gezegd.'

'Ha! Dat geeft de zaak een heel andere betekenis.'

'Wat bedoelt u?'

'Dat verandert alles. Ik heb het, ik heb het!' riep hij triomfantelijk. 'Watson, wees zo goed en pak voor mij het boek met de getijdentabellen, dat op de plank naast je elleboog staat.' Meneer Holmes sloeg het boek open, nadat de dokter het hem aangereikt had en liet zijn vinger vlug langs de rijen getallen op de bladzijde gaan.

'Deze tabellen', legde hij uit, 'geven precies de tijden van eb en vloed aan, je kunt eraan aflezen dat de waterspiegel van de Theems dagelijks een tot twee meter van hoog naar laag verandert.'

'Hm… Billy, loop naar beneden en houd zo snel als je kunt voor ons een rijtuig aan. We mogen geen minuut meer verliezen.'

Shiner had het gevoel dat hij al uren verscholen onder het lage bed lag en hij had er moeite mee wakker te blijven. Zijn hoofd deed nog pijn van de klap die hij in de wagen opgelopen had. En de rook van de opiumpijpen maakte hem steeds slaperiger. Net toen hij bijna indutte, ging de deur eindelijk weer open en kon hij zien hoe de voeten van de tweede man naar de aangrenzende kamer gingen waar zijn maat al naartoe was gegaan. Shiner rekte zich zo ver uit als hij durfde. Hij zag dat de beide mannen terug kwamen. Tussen zich in droegen ze iets zwaars dat in een deken gewikkeld was. Ze sloten de deur achter zich af en hingen de sleutel weer aan de spijker hoog in de muur. Geen van de rokers die op hun bedden lagen te dutten, besteedde er aandacht aan toen ze met hun last de kamer verlieten.

Shiner wachtte even om zeker te weten dat ze weg waren, toen schoof hij langzaam onder het bed uit en kroop naar de deur.

De oude vrouw zat met haar rug naar hem toe en was bezig met een gevaarlijk uitziende hakbijl plakken van een bruin gekleurd blok af te schaven. Hij stond zachtjes op en reikte naar de sleutel. Die hing te hoog voor hem. Hij probeerde het met een sprongetje, maar kon er nog altijd niet bij en toen hij op de grond terechtkwam, maakte dat een beetje lawaai. Hij hield zijn adem in en bleef stil staan. Had de oude vrouw hem gehoord? Zou ze zich omdraaien en hem ontdekken?

Maar ze bewoog zich niet en Shiner liep naar het dichtstbijzijnde lege bed toe, pakte het tafeltje dat ernaast stond en zette het onder de sleutel. Hopelijk was de tafel – hij zag er wat wankel uit – stevig genoeg om zijn gewicht te dragen, maar Shiner besloot het erop te wagen. Tot zijn opluchting zakte het tafeltje niet in elkaar toen hij erop ging staan. En hij was nog opgeluchter toen hij de sleutel kon pakken. Hij nam hem van de spijker, stapte weer naar beneden en stak de sleutel in het sleutelgat.

Hij kon de sleutel moeiteloos omdraaien en de deur ging geruisloos open. Hij glipte naar binnen en deed de deur achter zicht dicht.

De kamer waar hij zich nu in bevond, was donkerder dan die waar hij uit kwam en het enige raam was met dikke planken dichtgespijkerd. Het duurde even voordat zijn ogen aan het duister gewend waren, maar na een tijde herkende hij een rij stapelbedden tegen de muur. Eerst had hij de indruk dat ze allemaal leeg waren, maar toen ontdekte hij dat op een van de onderste bedden iets of iemand lag. Hij sloop ernaartoe. Het was een meisje. Ze lag erg stil met haar rug naar hem toe. Hij pakte haar bij haar schouder en schudde haar zachtjes heen en weer. Ze bewoog niet. Sliep ze – of was er iets ergers aan de hand? Hij boog zich over haar heen om haar gezicht te zien. Het was Rosie.

Hoog water in de ochtend

Wiggins, Sparrow en Gertie keken toe hoe de draak het straatje uit danste en hen alleen in het donker achterliet. Het was laat, het lawaai van de festiviteiten stierf langzaam weg en de deelnemers keerden terug naar huis.

'Waar gaan we nu beginnen?' vroeg Sparrow.

'Bij de wasserij', besloot Wiggins, 'Maar blijf de hele tijd uitkijken naar die Triade-kerels. Je vriend heeft per slot van rekening aangegeven dat ze ons de keel kunnen doorsnijden en in de rivier gooien, als ze daar maar even de kans toe krijgen.'

'Ha! Dat moeten ze eens proberen', zei Gertie dapper.

'Liever niet', vond Sparrow.

'Dat vind ik ook', viel Wiggins hem bij. 'Dus ogen open. Kom mee. We gaan.'

Ze slopen het straatje uit en gluurden voorzichtig

naar links en naar rechts. Daarna probeerden ze zich te herinneren uit welke richting ze gekomen waren toen ze zich al dansend in het binnenste van de draak vooruit bewogen hadden, en toen ze het daarover eens waren gingen ze op weg naar de wasserij. Ze bleven achter elkaar dicht langs de huizen lopen. Omdat er nog maar weinig mensen op straat waren, konden de Boys zich niet meer in de menigte verbergen en bleven daarom in de schaduw lopen.

Nadat ze een paar keer een verkeerde weg waren ingeslagen, stonden ze uiteindelijk toch voor de wasserij. Alle lichten waren gedoofd, behalve een kleine gaslamp in het achterste gedeelte van de ruimte, die een zwak licht verspreidde, net genoeg om te laten zien dat het werk voor die dag klaar was. De deuren waren op slot en vergrendeld. Als de meisjes ergens hier binnen waren, konden de Boys er niet in om hen te zoeken.

'Wat doen we nu?' vroeg Gertie zich af.

'Misschien kunnen we er aan de achterkant in', stelde Sparrow voor.

'Goed idee, joh', zei Wiggins, 'ik ben alleen bang dat het gebouw direct aan de rivier staat.'

'Dat is dan geen probleem', grinnikte Gertie, 'ik kan zwemmen.'

'Maar ik niet', zuchtte Sparrow.

'En ik ook niet', zei Wiggins, 'maar dat hindert niet. Laten we eerst maar eens zien wat we daar vinden.'

Rosie ademde, maar ze sliep zo vast, dat ze wel verdoofd moest zijn. Shiner schudde haar door elkaar, gaf zachte tikjes op haar wangen en fluisterde in haar oor, maar het lukte niet haar wakker te krijgen.

Hij probeerde haar op te tillen, maar ze was te zwaar voor hem en zelfs als hij haar had kunnen dragen, was het hem vast niet gelukt haar zonder gezien te worden het huis uit te krijgen. Het was een vreselijk moeilijke situatie. Het was voor Shiner een onverdraaglijke gedachte haar achter te laten – als hij dat deed, wie wist dan wat er met haar zou gebeuren? Maar als hij bij haar bleef tot de mannen terugkwamen, zouden ze hem ook nog pakken en dan kon hij helemaal niets meer doen. Hij kwam tot het besluit dat er maar één mogelijkheid was: Hij moest proberen zelf te ontsnappen en ergens, waar dan ook, hulp halen. Shiner sloop de kamer uit, sloot de deur achter zich, zodat de mannen als ze terugkwamen niet zouden merken dat er iemand geweest was. Hij had net de sleutel weer aan de spijker gehangen en wilde van het kleine tafeltje afstappen, toen de vrouw hem in de gaten kreeg.

'Hé!' riep ze. 'Wie jij zijn? Wat doen?' Ze stond op en hief dreigend haar vlijmscherpe hakbijl op. Toen ze op hem toe kwam lopen, spurtte Shiner naar de deur. Daarbij stootte hij tegen één van de bedden en struikelde. De roker die er op lag viel voor de voeten van de oude vrouw op de grond, zodat ze opgehouden werd en Shiner een voorsprong kreeg.

Toen hij op de gang was, herinnerde Shiner zich het niet afgesloten raam in de andere kamer. Hij rende ernaartoe, trok het open en klom op de vensterbank. De hijskraan leek wel verder weg te staan dan eerst en de afstand naar de kade leek wel erg groot, maar hij had geen tijd om te bedenken dat hij ook zou kunnen vallen. Als hij niet vluchtte, zouden ze hem te pakken krijgen! Shiner haalde diep adem en sprong.

Wiggins, Sparrow en Gertie liepen de straat door tot ze een opening tussen de gebouwen ontdekten. Het was pikdonker in de lange smalle doorgang, maar aan het einde ervan zag je het eerste morgenlicht op het water glinsteren. De Boys zagen de vage omtrekken van een paar uitgesleten stenen treden, die op de kade uitkwamen. Terwijl ze voorzichtig hun weg zochten en achter elkaar bleven, liepen ze gespannen naar de oude trap. Plotseling hoorden ze voor zich uit het geluid van grendels die teruggeschoven werden en er viel een lichtvlek op de treden, toen er aan hun linkerkant een deur in de zijmuur geopend werd. Een donkere dreigende schaduw verscheen in het licht en een man stapte naar buiten. Hij droeg iets zwaars, dat in zoiets als een deken gerold was.

De Boys drukten zich plat tegen de muur, verstarden van schrik en durfden geen adem te halen toen ze één van de mannen uit de wagen herkenden. Hij stond maar een paar stappen van hen af. Kort daarna kwam de andere man ook naar buiten en sloot de deur achter zich af. De beide mannen droegen samen de bundel met wat het ook was en liepen de trap af naar beneden. Toen ze beneden waren aangekomen en uit het zicht verdwenen, sloop Wiggins achter hen aan en gluurde om de hoek. Hij wenkte naar de anderen om hem te volgen.

'Dat is het havenbekken', fluisterde hij. 'Het Limehouse-bekken. Kijk maar.'

In het havenbekken was alles rustig. De meeste

schepen en boten lagen in het donker en hun bemanning sliep nog. De Boys konden zien dat de beide mannen hun last over de kade, onder een hoge kraan door, naar een schip toe brachten. Een matroos met een lantaarn stond hen bovenaan de loopplank op te wachten.

'Wat zou dat voor bundel zijn, wat denken jullie?'vroeg Sparrow. 'Denken jullie dat het misschien…?'

De drie Boys keken elkaar aan. Ze durfden niet uit te spreken waar ze bang voor waren. Maar Sparrows vraag werd al snel beantwoord. Toen de mannen de loopplank opstapten, schoof er iets onder de deken uit en bungelde naar beneden. Het was een arm. Een meisjesarm die uit een gebloemde mouw stak en er in het licht van de lantaarn bleek en wit uitzag. Eén van de mannen boog zich voorover en duwde de arm terug in de deken. Toen waren ze aan boord en verdwenen in het schip.

De Boys waren een ogenblik stil.

'Ik moet op dat schip komen', mompelde Wiggins. 'En uitvinden wat daar gebeurt.'

'We gaan met je mee', zei Sparrow.

'Nee. Jullie beiden wachten hier en letten goed op. Als ik niet terug kom, sla dan alarm.'

Hij was juist van plan over de kade weg te rennen, toen er nog een man uit de smalle doorgang kwam, zich naar het schip haastte en de loopplank opliep. Toen hij boven was, dook de man met de lantaarn weer op en de nieuwe man praatte heel indringend in het Chinees op hem in. Hij zwaaide met zijn armen en wees achter zich naar de gebouwen. Toen haastte hij zich het schip in. De man met de lantaarn bleef aan de reling staan en hield de wacht.

'Wat nu?' vroeg Gertie.

'Er moet nog een andere weg zijn om op het schip te komen', zei Wiggins. 'Ik ga wel even rondkijken.'

Het werd nu snel lichter, de hemel werd al door zilveren en gouden strepen gekleurd. Wiggins wist dat hij vlug moest zijn en het laatste duister moest gebruiken om niet gezien te worden. Gebukt flitste hij tussen kisten en opgestapelde zakken door, die klaar stonden om ingeladen te worden. Hij kwam bij de kraan die bij de boeg van het schip stond en hurkte achter de dichtstbijzijnde poot van de kraan. Vandaar bekeek hij het touw waarmee het schip om een bolster op de kade was vastgelegd. Hij probeerde juist in te schatten of hij langs het touw kon klimmen en op deze manier op het schip kon komen, toen hij een vreemd geluid hoorde.

'Pssst!' deed iemand. 'Pssst!' En daarna een dringend gefluister: 'Wiggins!'

Hij bleef staan. Wie kon dat zijn? Hoe kon het dat iemand zijn naam wist?

'Pssst!' klonk het weer. 'Hierboven!'

Hij keek omhoog en ontdekte een kleine gestalte, die op het metalen geraamte van de kraan hurkte en zich tegen de lichtwordende hemel duidelijk aftekende.

'Ik ben het', siste de gestalte. 'Shiner.'

'Shiner! Wat doe je daarboven?'

'Kijken. Kom naar boven. Langs de poot van de kraan gaat een ladder omhoog.'

Wiggins had een beetje hoogtevrees, maar het was nu niet het goede moment om aan zo'n zwakte toe te geven. Hij vond de ladder die naar de cabine van de kraandrijver leidde en klom stap voor stap naar boven. Hij hield zich goed vast en zorgde ervoor dat hij met zijn laarzen geen lawaai maakte op de dunne ijzeren sporten. Boven wachtte Shiner op hem. Hij zat op het ijzeren geraamte, en was vanaf het schip niet te zien doordat hij achter de cabine zat.

'Hoe ben je hier gekomen?' vroeg Wiggins verbaasd.

'Door dat raam geklommen', fluisterde Shiner en wees met zijn duim naar het huis achter de kraan.

Wiggins keek hem niet begrijpend aan. 'Nee', zei hij, 'ik bedoel hier. Naar Limehouse. Hoe kwam je hier? Ach, het doet er niet toe. Dat kun je later vertellen.'

'Luister eens – ze hebben Rosie daarbinnen. Ik heb haar gezien.'

'Waarom heb je haar er niet uitgehaald?'

'Ik kon haar niet optillen. Ze hebben haar een verdovingsmiddel of zo gegeven. Toen kwam die oude vrouw met haar bijl op me af en moest ik wel wegrennen.'

'Dus Rosie is daar nog?'

'Dat weet ik niet zeker. Misschien hebben ze haar intussen gehaald.'

'En die andere meisjes?'

'Ik denk dat ze daar op het schip zijn.'

'Heb je ze gezien?'

'Nee. Maar ik heb Moriarty gezien. Hij vertelde aan de wasserijkerels dat ze de vracht snel aan boord moesten brengen, omdat het schip uit moet varen als het 's morgens hoog water is.'

'De vracht? Dat moeten dan de meisjes zijn.'

'Precies. En het is al ochtend. Wat moeten we doen?'

'We mogen geen tijd meer verliezen. We moeten aan boord zien te komen en ze zoeken.'

'Goed. Maar hoe doen we dat?'

Wiggins wees naar de arm van de kraan. Hij was tot boven het schip gedraaid, klaar om de rest van de vracht in te laden en de haak bungelde maar één of twee meter boven het dek.

'Als ik tot aan het einde daar kom', zei hij, 'dan denk ik dat ik langs het touw naar beneden kan zakken.'

Shiner grijnsde, 'Slim bedacht. Vooruit.'

'Wat bedoel je? Jij gaat niet mee.'

'Nou, ik blijf niet hier. Maak het nou. Het wordt al gauw licht.'

Wiggins haalde zijn schouders op, knikte en begon over de arm van de kraan te kruipen. Hij probeerde er niet aan te denken hoe hoog het was. Maar toen hij aan het eind was gekomen, trilde hij van spanning.

Hij zette zijn tanden op elkaar, zwaaide zichzelf langs de kabel en roetsjte naar beneden tot aan de haak.

Daarvandaan liet hij zich zachtjes op het dak vallen en verstopte zich achter een luik.

Shiner volgde hem. Toen ze weer op adem waren gekomen, slopen ze naar de andere kant van het schip, waar geen man op wacht stond en waar geen kade was.

Ze gingen verder langs het dek tot ze een deur vonden. Op hetzelfde moment dat Wiggins de deurknop vastpakte vloog de deur open en klapte bijna in zijn gezicht. Shiner en hij werden door de deur bijna platgedrukt, maar daardoor werden ze er tenminste achter verborgen.

Van binnen uit het schip klonken stemmen van mannen die in een vreemde taal spraken. De Boys hielden zich doodstil toen een man met een donkere huidskleur, gekleed in een hemd en een smoezelige witte broek, met een emmer keukenafval naar buiten kwam en deze over de reling in het water van het Limehouse-bekken kiepte. Toen ging hij weer naar binnen en trok de deur achter zich dicht.

De beide Boys haalden opgelucht adem en zetten hun zoektocht voort. Een stukje verder vonden ze nog een deur, die ze voorzichtig opendeden. Tot hun opluchting hoorden ze hier geen mannen. Ze zagen alleen een trap die naar de buik van het schip voerde.

'Ze houden ze waarschijnlijk beneden gevangen', fluisterde Wiggins. 'Kom.'

Ze liepen de trap al af toen er een luid gesis van stoom klonk, het geluid van metaal dat tegen metaal ketste en van een bel die geluid werd en van ver weg tot hen doordrong. Ze keken elkaar verontrust aan en holden toen verder.

De trap kwam uit op een lange gang, met een hele rij deuren aan iedere kant. De Boys openden de ene na de andere deur en keken naar binnen. Meestal waren het hutten en meteen in de eerste lagen twee mannen in hun kooien. Gelukkig sliepen ze en hadden ze niets in de gaten. Zachtjes deden ze de deur weer dicht en gingen verder. Wiggins nam de ene kant van de gang en Shiner de andere, zodat ze vlugger opschoten.

Aan het einde van de gang hadden ze nog steeds geen spoor van de meisjes ontdekt, maar ze kwamen bij een tweede trap, die zo steil was dat het meer op een ladder leek. Ze klauterden naar beneden en stonden voor een ijzeren deur. In plaats van de deurknop of een slot zat er midden op de deur een wiel. Wiggins draaide eraan, trok de deur open en keek in een grote donkere ruimte. Toen zijn ogen aan het zwakke licht gewend waren, ontdekte

hij een rij bleke, witte gezichten die hem aanke-
ken. Op hetzelfde moment klonk er van boven en
van beneden opnieuw een luid gesis en geratel en
de stemmen van mannen die bevelen riepen. Toen
voelden ze hoe het hele schip begon te beven en te
slingeren.

'O, lieve hemel', riep Wiggins uit. 'Het beweegt!
Het schip gaat vertrekken!'

Sparrow en Gertie, die in elkaar gedoken in de doorgang zaten, zagen tot hun ontzetting dat het schip
voor hun ogen tot leven kwam. Er spoot stoom uit,
dikke rookwolken kwamen uit de brede zwarte
schoorsteen en de scheepsbellen luidden. Een paar
matrozen liepen snel naar beneden en maakten op
de kade de touwen los van de bolsters. Ze renden
weer terug aan boord en trokken daarna de loopplank in. Het schip maakte zich los van de kade,
terwijl het water in de snel breder wordende kloof
tussen schip en kade wild borrelde en schuimde.

Sparrow en Gertie konden niet langer in hun
schuilplaats blijven terwijl hun vrienden wegge-
voerd werden! Ze stormden uit de doorgang, zwaaiden heftig met hun armen en riepen naar het schip
om het te laten stoppen. Het was al aardig licht

geworden, maar niemand zag of hoorde hen – en als het al wel zo was, lette niemand erop. In korte tijd was het schip in het midden van het Limehouse-bekken en voer naar de rivier toe.

'Wat nu – wat moeten we nu doen?' jammerde Gertie.

'Ik weet wat!' riep Sparrow. 'Enoch!'

Ze renden langs de kade en ontdekten al snel de 'Betsy', die rustig op haar ligplaats lag. De beschilderde deurtjes naar de kajuit waren gesloten, maar Sparrow sprong aan boord en trommelde erop zo hard als hij kon. Binnenin klonk een kreet en Enochs hoofd verscheen in de deuropening, terwijl zijn ogen slaperig knipperden.

'Wat krijgen we nu…?' mompelde hij. 'Wat is er in hemelsnaam aan de hand?'

'Enoch, Enoch, je moet ons helpen', barstte Gertie los. 'Het schip daar! We moeten het laten stoppen.'

'Ze hebben Wiggins en de meisjes aan boord!' riep Sparrow.

'Stop! Stop! Kalm aan', zei Enoch. 'Zo, haal eens rustig adem en vertel me dan wat er is.'

'De meisjes waar we je over verteld hebben… die zijn op het schip…' hijgde Gertie, terwijl ze wanhopig naar het schip wees.

'En Wiggins ging hen zoeken en nu is hij ook aan boord en het vaart weg, kijk!' riep Sparrow.

Enoch was intussen helemaal wakker. Hij verdween even in de kajuit en verscheen toen weer terwijl hij zijn broek en laarzen nog aantrok.

'Maak je geen zorgen', zei hij. 'Ze zijn nog in het havenbekken en ze kunnen er niet uit tot de sluisdeuren...' Hij hield op en staarde over het water. 'O nee, het is hoogwater, dus staan de sluisdeuren open. We moeten ervoor zorgen dat ze dicht gaan. Anders varen ze er zo uit. Kom mee!'

Terwijl hij zijn hemd nog in zijn broek stopte, sprong hij op de kade en begon te rennen. Achter hen klauterde Nell uit de kajuit terwijl ze een shawl om haar nachtpon wikkelde. Met z'n vieren renden ze zo snel als ze konden langs de kade en probeerden door hard te schreeuwen de sluiswachter te alarmeren. Maar niets hielp. Het schip kreeg vaart en voordat ze de geopende sluis bereikten, was het schip er al door. Ze stonden happend naar adem aan de kant en moesten hulpeloos toe zien dat het schip de rivier opdraaide en richting zee voer.

Man overboord

Beneden in het schip probeerde Wiggins de ontvoerde meisjes die om hem heen waren komen staan, te kalmeren. Eén of twee lagen nog in hun kooien, verdoofd door drugs, maar de overigen reageerden opgewonden op de binnenkomst van de Boys. Eén van de meisjes sloeg zelfs haar armen om Wiggins heen en kuste hem, wat hem nogal in verlegenheid bracht. Shiner deed vlug een stapje achteruit voor het geval één van hen dat ook bij hem zou proberen, maar gelukkig gebeurde dat niet.

'Meisjes! Meisjes!' zei Wiggins op fluistertoon. 'Wees eens rustig. Nu we jullie ontdekt hebben, moeten we een manier vinden om hier uit te komen.'

'En hoe willen jullie dat doen?' vroeg het meisje dat zich nog steeds aan hem vastklampte. 'Zijn jullie hier maar met z'n tweeën?'

'Op de kade zijn er meer van ons. Wij zijn de Baker Street Boys.'

'Echt? Rosie's vrienden?'

'Ja, precies.'

'Waar is Rosie? Hebben jullie haar al gered?'

'Is ze dan niet hier? Ik dacht dat we net gezien hadden dat ze aan boord gedragen werd.'

'Dat was Lily. Kijk maar, ze komt juist weer bij.'

Wiggins keek om zich heen en zag dat Lily wakker werd en in het schemerige licht om zich heen keek.

'Rosie?' mompelde ze onduidelijk. 'Waar is Rosie?'

'Ssst… maak je geen zorgen om Rosie', zei Wiggins, in een poging haar gerust te stellen, ook al voelde hij zichzelf allesbehalve rustig. 'Als ze niet hier is, weten wij wel waar we haar kunnen vinden, hè Shiner?'

'Dat klopt', beaamde Shiner. 'Ik heb haar gezien.'

'Goed', zei Wiggins tegen de meisjes. 'Ik wil dat jullie hier blijven en je rustig houden, terwijl Shiner en ik naar boven gaan, om te zien hoe het daar is. Goed?'

De meisjes waren er niet blij mee dat ze in hun gevangenis werden achtergelaten, zelfs als de deur openbleef, maar uiteindelijk stemden ze met tegenzin toe. Wiggins en Shiner renden terug door de gangen en over de trappen omhoog, totdat ze het dek bereikten.

'O lieve hemel', riep Wiggins uit, terwijl hij de reling vastgreep en over het water uitkeek. 'We zijn niet meer in het havenbekken, we zijn op de rivier!'

Ze waren zo overrompeld dat ze niet zagen dat één van de grote Chinezen uit de wasserij om de hoek kwam. Hij daarentegen zag hen wel en liet een woedend geschreeuw horen.

'Wegwezen', riep Wiggins naar Shiner. Maar toen ze zich omdraaiden om over het dek weg te rennen, stonden ze tegenover de andere Chinees, die net de hoek om kwam. Er waren maar twee vluchtwegen: de rivier in springen of omhoog de tuigage in klimmen, wat er erg hoog uitzag. Wiggins keek omhoog langs de mast, die zo hoog was dat hij leek te verdwijnen in de ochtendnevel die over de rivier hing. Wiggins slikte eens, maar Shiner was al aan het klimmen en dus greep Wiggins snel één van de touwen en klom hem achterna. Het was alsof ze op een zwaaiende touwladder klommen, die naarmate ze hoger kwamen steeds angstaanjagender heen en weer schommelde.

De beide Boys waren vreselijk bang hun houvast te verliezen en naar beneden te storten. De twee mannen beneden hen op het dek grijnsden naar hen en hun donkere ogen glinsterden boosaardig toen ze zich klaar maakten om aan de achtervolging te beginnen.

Wiggins zocht wanhopig naar een oplossing. Als de mannen hen inhaalden, zouden ze op de harde planken van het dek gegooid worden of ze zouden hen over boord in het kolkende water van de Theems gooien. Ze hadden geen wapens om zichzelf te verdedigen. Wat moesten ze doen? Toen herinnerde hij zich de voetzoekers die Li en de acrobaten hem tijdens de drakendans gegeven hadden. Hij had daarvan nog steeds een streng in zijn jaszak. Hij haakte één arm door de touwen heen, trok aan het zichzelf ontstekende lont en gooide de voetzoekers naar beneden op hun achtervolgers.

Toen het vuurwerk met aanhoudend geknetter begon te ontploffen, schreeuwden de mannen het uit en sprongen uit het tuig naar beneden.

'Wat voor de drommel gebeurt daar? Het klinkt als geweerschoten!' riep Dr. Watson uit.

'Het lijkt alsof het van dat schip komt dat net het

bekken verlaten heeft', zei meneer Holmes. 'Wat vindt u ervan, inspecteur?'

Inspecteur Hunter van de Theems-rivierpolitie zette zijn verrekijker voor zijn ogen en keek naar het schip. 'Ik zie geen geweren', zei hij. 'Maar er schijnt daar iets niet te kloppen. Ik zie dat er in de tuigage mensen zitten. Wachtmeester, zet eens koers naar dat schip daar.'

Beaver en Queenie hielden zich goed vast toen de motorsloep van de politie overhelde terwijl hij in volle vaart op het schip afging. Ze hadden genoten van de tocht vanaf Westminster stroomafwaarts langs de rivier. Het licht van de zonsopgang had eerst het wateroppervlak en toen de grote koepel van de St. Paul's Kathedraal en de stenen muren van de Tower van Londen met licht overgoten. En wat was het opwindend geweest onder de glanzende nieuwe Tower Bridge door, in de richting van de haven te varen! Dicht tegen elkaar lagen hier schepen, platte barken en sleepboten die erop wachtten in één van de drukste havens van de wereld aan een nieuwe dag te beginnen.

Meneer Holmes had aan Scotland Yard gevraagd om politieagenten over de weg naar Limehouse te sturen. Maar omdat hij vermoedde dat de schurken over het water zouden proberen te vluchten, had hij nog een aantal agenten aan boord van de politiesloep meegenomen om het Limehouse–bekken vanaf de rivier te kunnen benaderen. Ze zouden direct rechtdoor naar het Limehouse-bekken gevaren zijn als ze door de voetzoekers van Wiggins het schip niet in de gaten hadden gekregen.

'Als ik me niet vergis', zei meneer Holmes, 'dan lijkt die figuur daar in de tuigage erg op mijn jonge vriend Wiggins. Inspecteur, mag ik even uw verrekijker lenen?'

De inspecteur gaf hem de verrekijker, die meneer Holmes snel op het schip richtte.

'Precies zoals ik dacht' zei hij, 'dat is Wiggins.'

'En die andere is Shiner', riep Queenie.

'Kun je dat zonder verrekijker zien?'

'Ik zou mijn broertje overal herkennen. Wacht eens even... kijk daar eens. Hé, dat zijn de bloemenmeisjes!'

Op het schip ontstond een plotseling tumult toen de bloemenmeisjes, die geen zin hadden nog langer te wachten en bang geworden waren door de knallen, door de deur naar buiten drongen en het dek op stormden. Toen ze de beide grote Chinezen ontdekten, begonnen ze te schreeuwen, renden op hen af en dreven ze naar de reling. Bij het zien van de groep woedende meisjes die op wraak uitwaren, zagen de mannen maar één vluchtweg, en ze sprongen over de reling het water in.

'Man overboord – klaarmaken om te redden', beval de inspecteur rustig. 'En om in hechtenis te nemen.'

Toen nam hij een megafoon in zijn hand en richtte hem op het schip. 'Hier is de politie', bulderde hij. 'Draai direct bij en laat ons aan boord!'

Gertie en Sparrow wachtten met Enoch en Nell bij de sluisdeuren toen de politiesloep de vier andere Boys, samen met meneer Holmes en Dr. Watson, weer aan land bracht. De bloemenmeisjes waren nog op het schip, dat wat langzamer terugvoer naar het Limehouse-bekken.

'Is dat nu jullie hele troep?' vroeg Enoch toen ze elkaar begroet hadden.

'Nee', riep Gertie. 'Waar is Rosie?'

'Is ze nog op het schip?' vroeg Sparrow. 'Waarom hebben jullie haar niet meegebracht?'

Gertie riep met angst in haar stem: 'Wat is er met Rosie gebeurd? Is het goed met haar?'

'Dat weten we nog niet', zei Queenie.

'Maar ik weet waar ze zit', zei Shiner. 'Tenminste, ik hoop dat ze daar nog is.'

Hij wees op het dichtgetimmerde raam, naast dat waardoor hij ontvlucht was.

'Kom mee dan', zei Meneer Holmes. 'We hebben geen tijd te verliezen zolang ze nog in hun handen is.'

'Watson – je hebt toch je dienstrevolver bij je, hoop ik?'

Dr. Watson knikte en klopte op zijn jaszak.

'Uitstekend. Houd het bij de hand – we hebben het misschien nodig als die schurken vervelend gaan doen.'

'Hoe komen we daarboven?' vroeg Queenie.

'Dat weten wij', zei Sparrow, 'hierlangs.'

Hij en Gertie leidden hen de trap op, door de doorgang, naar de straat.

'Kijk eens!' riep Beaver. 'De Limehouse Wasserij!'

'Ja, maar daarbinnen was ze niet', zei Shiner. 'Ze was in het huis ernaast.'

Meneer Holmes knikte. 'Precies wat ik dacht', zei hij. 'Ik ken deze plek – het is één van de berucht- ste opiumkits van Londen, de geliefde verblijfplaats van die arme stakkers die hun tijd doorbrengen met "jagen op de draak".'

'Wist u daarvan?' vroeg Wiggins.

'Zeker. Meteen toen ik die utdrukking hoorde wist ik waar ik zoeken moest. Maar jullie hebben het zelf moeten uitvinden. Mijn complimenten! Zullen we nu naar binnengaan?'

Hij ging hun voor de wankele trap op en stootte de deur naar de rokerskamer open. De oude vrouw keek op en greep naar haar hakbijl, maar legde hem weer neer toen Dr. Watson zijn revolver uit zijn zak trok. Meneer Holmes keek haar streng aan en schudde waarschuwend met zijn vinger. Terwijl de andere Boys ongelovig naar de opiumverslaafden keken die op hun bed lagen te dromen, rende Shiner door de kamer om in de ruimte te komen waar hij Rosie gezien had. Meneer Holmes volgde hem, pakte de sleutel van de spijker en gaf hem aan Shiner. Shiners hand beefde van angst toen hij de sleutel omdraaide en de deur opendeed, bang voor wat hij daar achter zou vinden. Maar tot zijn blijdschap zag hij Rosie op het smalle bed zitten. Ze zag er nog slaperig uit, maar er was verder niets met haar gebeurd.

'Hé, eindelijk!' zei ze. 'Jullie hebben er wel lang over gedaan!'

De hoorn van de politiesloep toeterde drie keer luid toen hij uit het Limehouse-bekken wegvoer. Enoch en Nell stonden naast de sluis en wuifden naar de voorbijvarende Boys, en Li en de acrobaten kwamen nog net op tijd over de kade aanrennen om de Boys vaarwel te zwaaien.

'De zaak is afgesloten', zei Wiggins tevreden. 'Het is tijd om naar huis te gaan, naar het HK.'

'Jullie hebben het goed gedaan', prees meneer Holmes hen. 'Jullie hebben opnieuw de doortrapte plannen van Moriarty gedwarsboomd. Ik ben werkelijk erg trots op jullie!'

Kort nadat Shiner Rosie had bevrijd, was Inspecteur Lestrade aangekomen en had zich beziggehouden met het arresteren van de medeplichtigen van de grote Chinezen in de wasserij en de opiumkit.

Nadat Dr. Watson de meisjes onderzocht had en had verklaard dat er met hen niets ernstigs was gebeurd, had de inspecteur een grote koets laten komen om de bloemenmeisjes terug naar huis te brengen.

'Ze zijn waarschijnlijk met een dosis Laudanum in slaap gebracht', zei hij. 'Dat is, zoals jullie waarschijnlijk weten, een opiumtinctuur. Ik ben blij te kunnen zeggen dat het geen blijvende schade veroorzaakt.'

Als bijzondere beloning voor hun buitengewone prestaties mochten de Boys met de politiesloep naar Westend terug varen. Beaver en Queenie verheugden zich erop de anderen alle bezienswaardigheden te laten zien die zij al op de heenreis naar Limehouse hadden ontdekt.

Ze waren allemaal erg opgewonden toen het wegdek – terwijl ze onder de Towerbrug door gingen – boven hun hoofden omhoog geklapt werd, zodat er een groot schip door kon varen. En toen Dr. Watson hun bij de Tower van Londen het verraderspoortje aanwees en vertelde dat daardoor de gevangenen naar hun terechtstelling in de Tower gingen, liepen de rillingen van afgrijzen hun over de rug.

'Dat zouden ze met professor Moriarty moeten doen', zei Shiner.

'Als het de politie ooit zou lukken hem te vangen', zei meneer Holmes. 'Maar dat betwijfel ik. Hij is veel te slim om verdachte sporen achter te laten.'

'Maar ik heb hem gezien!' riep Shiner. 'Bij de Chinezen!'

'Maar wat heb je precies gezien? Hij had toch gewoon zijn vuile was in de wasserij af kunnen geven?'

'En we zagen hem in Covent Garden bij de Bow

Street gevangenis', voegde Beaver er aan toe.

'Hij is in zijn koets over de openbare weg gereden. Wat is daar verboden aan?'

'U hebt gelijk', zei Wiggins. 'Hij vindt altijd anderen die het vuile werk voor hem opknappen, zo is het, hè?'

'Dat doet hij inderdaad, beste Wiggins. In dit geval had hij zich van de hulp van de Chinese gangsters verzekerd, die bekend staan als de Triade. Gewoonlijk zuigen deze schurken alleen hun landgenoten uit en ook de mensen in het Londense Chinatown zullen veel beter af zijn zonder hen. Maar Moriarty had ze kennelijk overgehaald met hun traditie te breken en een hulpeloze groep van de Engelse bevolking aan te vallen.'

'De bloemenmeisjes!' zei Sparrow.

'Precies. En een van hen – Rosie namelijk – behoort toevallig bij mijn Baker Street Boys. Haar vlak onder mijn neus te ontvoeren, dat zou toch een klap in het gezicht van meneer Sherlock Holmes zijn, denk je niet?'

'En daarom hebben ze ook de jaden draak van mevrouw Hudson gestolen!' riep Wiggins.

'Juist. Als een belediging, als een uitdaging – die jullie in mijn plaats aangenomen hebben en die jullie, tot mijn vreugde, bijzonder goed hebben opgelost.'

'Maar wat wilden ze precies?'

'Ze waren zonder twijfel van plan de meisjes naar het verre, geheimzinnige Oosten te brengen en misschien ook naar Noord-Afrika, bijvoorbeeld om ze daar als slavinnen te verkopen. Een mooi blank meisje brengt een goede prijs op als het verkocht wordt aan het paleis van een of andere sultan of keizer.'

'Wel, nou nog mooier', riep Queenie geschokt.

'Nee toch!' zei Rosie en hield haar adem in toen ze zich voorstelde dat ze voor altijd als slavin achter hoge muren opgesloten zou zijn. 'Dat zou ik echt niet leuk gevonden hebben.'

'Nee', zei meneer Holmes, 'dat geloof ik graag.'

'Maar hoe komt het dat ze me niet met de anderen op het schip gebracht hebben?'

'Het is wel duidelijk dat hun plan door iets – of iemand – doorkruist werd.'

'Bedoelt u ons?' vroeg Wiggins.

'Precies. Ze waren bang dat jullie hen zouden ontmaskeren. Daarom besloten ze de uitvoering van hun plan iets te bekorten en zich uit de voeten te maken.'

'En Rosie achter te laten?'

'Ze hadden geen tijd meer om voor haar terug te gaan en het risico te lopen dat jullie hen zouden zien. Ik ben ervan overtuigd dat de overige leden van de bende zich erom bekommerd zouden hebben Rosie het zwijgen op te leggen. En dan voorgoed.'

'Afschuwelijke schurken! Wat een gemene duivels!', zei Dr. Watson.

'O, mijn hemel', zei Rosie. 'Het klinkt alsof ik er hoe dan ook goed van af gekomen ben.'

'Dat kun je wel zeggen', vond meneer Holmes.

'En samen met deze triomf van de Baker Street Boys zullen we je redding vieren. Wat vinden jullie van een super-de-luxe feestmaal vanavond? Ik ken een heel goed Chinees restaurant.'

Sparrow antwoordde voor hen allemaal. 'Nee, dank u', zei hij, 'dan heb ik liever een karbonade met worteltjes…'

Laat in de avond, toen Rosie veilig in haar eigen bed lag en de anderen vast sliepen met hun magen vol gebraden runderlapjes, varkenskarbonaden en lamskoteletten, gevolgd door karamelpudding, appelkruimeltaart en reusachtige porties ijs, zat Beaver aan de grote tafel in het HK en sloeg een nieuwe bladzijde van zijn aantekeningenschrift op. Queenie strompelde naar hem toe en gluurde over zijn schouder.

'Hoe noem je het deze keer?' vroeg ze. 'De zaak van de opiumkit?'

'Ik weet het nog niet. Wat vind je van "De jacht op de draak"?'

'Ja hoor, dat klinkt goed. Goeie nacht, hè!' En daarna ging ze naar bed.

Beaver likte aan de punt van zijn potlood en begon te schrijven.

COVENT GARDEN EN LIMEHOUSE

Covent Garden was tot 1974 eeuwenlang de centrale markt in Londen voor fruit, groente en bloemen. Daarna werd de markt naar Nine Elms aan de andere kant van de rivier de Theems verhuisd. De oude markthallen staan er nog en tegenwoordig bevinden zich daar restaurants, boetiekjes en tentoonstellingsruimten. Op het plein ervoor zijn regelmatig shows te zien van straatkunstenaars, zoals jongleurs en acrobaten. De mooie hal van de bloemenmarkt waar Rosie haar bloemen inkocht, hoort intussen bij de Koninklijke Opera, die tegenover het beroemde politiebureau Bow Street ligt. De omgeving is tegenwoordig een van de meest geliefde toeristencentra en trekt bezoekers van over de hele wereld.

Limehouse was de eerste Chinese wijk – het China-town van Londen. Daar leefden de Chinese matrozen die in de nabijgelegen havens aan wal kwamen. Deze Chinese bewoners zijn allang verder getrokken naar Soho in West End. Maar het Limehouse-bekken is er nog altijd. Het is nu een haven voor jachten en pleziervaartuigen, waar ook de smalle, platte kanaalboten liggen.

Het Regent's kanaal komt nog altijd in het Limehouse-bekken uit. Het loopt vanaf Paddington langs de Londense dierentuin en de Camden sluis waarna het via de lange tunnel onder Islington door Londen verlaat. Alle boten die erover varen, hebben intussen motoren en gebruiken geen paarden meer om hen te trekken of sleepboten om hen door de tunnel te slepen. En de kanaalboten zijn niet langer vrachtschepen. De meeste van hen zijn omgebouwd tot woonschepen met gerieflijke kajuiten, die zich over de hele lengte van de boot uitstrekken in plaats van de kleine kajuit waarin mensen als Enoch en Nell moesten wonen.

Baker Street

Sherlock Holmes, de beroemde detective, werd in 1887 in het leven geroepen door Sir Arthur Conan Doyle, die niet minder dan zestig verhalen over hem schreef.

Sir Arthur liet Holmes en zijn vriend Dr. Watson op kamers wonen in de Baker Street 221b in Londen, dat sindsdien een van de bekendste adressen ter wereld is geworden.

De *Baker Street Boys* – of de Baker Street Boys speciale eenheid, zoals Sherlock Holmes ze soms noemt – komen in het allereerste verhaal en in nog drie andere verhalen voor. Wiggins, hun aanvoerder, is de enige die van Conan Doyle een naam kreeg. De andere kinderen werden allemaal door Anthony Read voor deze originele avonturenserie bedacht.

WIE ZIJN DE BAKER STREET BOYS?

WIGGINS

Hij is een echte aanvoerder en hij hoopt net zo'n goede detective te worden als zijn grote voorbeeld, Sherlock Holmes.

BEAVER

Hij is een trouwe vriend van Wiggins. Hij is groot en sterk en je kunt altijd van hem op aan.

ROSIE

Met haar lieve gezichtje en blonde krullen is ze een ideaal bloemenmeisje. Volwassenen vinden haar lief, wat erg handig kan zijn. Maar ondanks haar zachte uiterlijk is ze taai en volhardend. Ze doet altijd mee als het erop aankomt.

SPARROW

Hij is een echte clown, die later in een theater wil optreden. Tot het zover is, heeft hij een baantje als toneelknechtje in een muziektheater.

QUEENIE

Als oudste is ze – min of meer tegen haar zin – de 'moeder' van de Boys. Ze kan heel lekker koken en houdt heel erg veel van lezen.

SHINER

Hij heet pas zo sinds hij schoenpoetser is. Hij is het jongere broertje van Queenie en heette vroeger Albert. Hij weet alles over treinen en zou het liefst machinist worden. Hij is soms jaloers en koppig en maakt snel ruzie, maar hij is ook dapper en een opdracht maakt hij altijd af.

GERTIE

Ze ziet er verwaarloosd uit en met haar korte haar en versleten broek lijkt ze op een jongen. Ze is klein, sterk en handig. Ze kan overal in klimmen en kruipt als het nodig is in de kleinste hoekjes – en komt er ook weer heelhuids uit.

ANTHONY READ

DE VERDWENEN DETECTIVE

Wanneer Sherlock Holmes onder verdachte om-
standigheden vermist wordt, kan alleen zijn groep
jonge detectives hem nog redden.

Wie zijn die mysterieuze Ieren die rondhangen
in Baker Street?Heeft die geniepige Moriarty er iets
mee te maken?

De verbijsterende aanknopingspunten zijn
ongeveer zo helder als de erwtensoep die Londen
omgeeft. Beleef mee hoe Wiggins, Sparrow, Queenie en de rest van De Baker Street Boys de puzzel-
stukjes aan elkaar leggen.

ANTHONY READ

DE GEVANGEN GOOCHELAAR

Sparrow heeft een baantje in het Koninklijk Muziektheater. Hij ontdekt dat Marvin de goochelaar zijn eigen assistente bedreigt, de kleine Mary.

Samen met de andere Baker Street Boys bedenkt Sparrow een plan om Mary het theater uit te smokkelen. Dat lukt uiteindelijk, maar wie is de man die hen probeert te volgen? En wat heeft professor Moriarty met dit alles te maken? Nu Sherlock Holmes niet in de buurt is, moeten de Baker Street Boys deze zaak zelf zien op te lossen!

ANTHONY READ
DE VLOEK VAN DE ROBIJN

Als Wiggins en Beaver een Indiase jongen redden die aangevallen wordt, raken ze in een exotische intrige verwikkeld. Ravi is met zijn vader, de radja van Ranjipoer, naar Londen gekomen om koningin Victoria een waardevolle robijn te overhandigen.

Maar vader en zoon worden door een bloeddorstige sekte achtervolgd die denkt dat de robijn het derde oog van de godin Kali is. De Boys hebben het plan de schurken te ontmaskeren, maar komen in een verwarrende doolhof terecht. Zal de vloek van de robijn van Ranjipoer hen ook treffen?